图书在版编目（CIP）数据

无论世界多残酷，你始终温暖如初 / 王国民
等著 . —— 哈尔滨：北方文艺出版社，2017.9
ISBN 978-7-5317-3953-1

Ⅰ . ①无… Ⅱ . ①王… Ⅲ . ①故事 – 作品集 – 中国 –
当代 Ⅳ . ①I247.81

中国版本图书馆 CIP 数据核字（2017）第 178791 号

无论世界多残酷，你始终温暖如初
WULUN SHIJIE DUO CANKU NI SHIZHONG WENNUAN RUCHU

作 者 / 王国民 等

责任编辑 / 王金秋

出版发行 / 北方文艺出版社　　　　网 址 / www.bfwy.com
邮 编 / 150080　　　　　　　　　　经 销 / 新华书店
地 址 / 黑龙江现代文化艺术产业园 D 栋 526 室

印 刷 / 北京中振源印务有限公司　　开 本 / 880×1230　1/32
字 数 / 178 千　　　　　　　　　　印 张 / 8
版 次 / 2017 年 9 月第 1 版　　　　印 次 / 2017 年 9 月第 1 次印刷

书 号 / ISBN 978-7-5317-3953-1　　定 价 / 38.00 元

无论世界多残酷，
你始终温暖如初

王国民 —等著

北方文藝出版社

序

我曾和朋友讨论过：我们究竟想要什么样的生活？这种生活在我看来至少是自由和快乐的，最好我还能通过自己的双手去获得。

每个人都渴望自己是幸运的，希望自己一帆风顺。命运天平的砝码，也恰恰掌握在自己的手里，想要什么样的生活，就应该为之付出努力。

我们经历了多少艰难都不要紧，只要有爱和温暖，总会有一条路能走得无限精彩。

很多时候，我们只看到别人的幸福，因而怨恨老天的不公。其实回头想想，自己到底有没有真正付出过？所以不必羡慕别人，也不要埋怨自己付出了却没有收获，应该静下心来想一想，你真的为你的幸福去努力了吗？

《无论世界多残酷，你始终温暖如初》一书，是我们为响应广大读者的要求，新扩展的贴近生活、充满正能量的图书。

本书精选《读者》《青年文摘》《格言》《知音》等知名杂志作家最温暖人心的情感美文，作者有王国民、顾文显、王国军、汪洋、张军霞等人。

这些精选美文的主题积极向上，选材独特，语言质朴却感人至深，每一个故事都能带给读者不一样的情感体验，你可以感悟青春，体验爱，领略成功。

　　明天之所以那么美好，有阳光、鲜花、掌声和爱，是因为，今天我们在奋斗。

目 录

第一章
有一种爱，它不需要过多的言语

第二章
无论世界多残酷，你始终温暖如初

第三章
时间呀，可不可以慢慢走

第四章
心心念念，最牵挂的是你

第五章
那座叫亲情的山，它一动不动的

第六章
如果可以，我想成为你的骄傲

第一章

有一种爱，它不需要过多的言语

父亲的秘密

"十四夜，送蛴蟆，蛴蟆公，蛴蟆婆，把你蛴蟆送下河……"在每个翻春之日，这首好听的民谣都会回响在川北山乡一带。人们欢聚河边共度"蛴蟆节"，一边执灯祈求健康平安，一边将蛴蟆送入水中。

看着划动四肢，自由自在远去的蛴蟆，我在心里祝愿："蛴蟆公，蛴蟆婆，一路走好，一路平安，别再被抓住了！"这话说给蛴蟆听似乎有些矫情，但这真的发自我的内心。其实，在蛴蟆节里，蛴蟆是以瘟神的形式存在的。但于我而言，蛴蟆不是瘟神而是救星。也许没人能想到，被当成瘟神的蛴蟆，会是我中药里的一味药引！因此，对蛴蟆我一直歉意颇多。

这歉意不仅与我流鼻血的经历息息相关，还藏着另外一个人自认为隐藏得很好的秘密。

那时我还在读初中。鼻血总是毫无征兆，说来就来。洗个脸或打个喷嚏，我都特别小心，生怕一不留神鼻血就喷涌而出。这提心吊胆的生活，让我很苦恼。对此父母也一筹莫展。

后来他们带着我开始寻医问药，可吃了医生们开的各种各样的药，鼻血仍然控制不住。连医生们也无可奈何，一时间我悲从心生，意志消沉起来。父母看在眼里急在心里，更迫切地为我寻找着治疗良方。

一个周日的上午，我正在家里看书，隔壁婶婶喜滋滋地走了进来。她看了看我，而后对父母亲说："听人说，县城里有个草药医生，专治流鼻血，很多人都被他治好了。"婶婶的消息，顿时让父亲脸上大放异彩："真的？""我还能骗你们？"婶婶一脸的自信。父亲迫不及待地站起身，要立即出门去找那个草药医生。

想想过去的求诊经历，我合上书劝道："爸，没用的，不要费那闲工夫。"父亲只看了我一眼，并未停下脚步。母亲说："娃娃，不管有没有用，咱们都要试试！"父母的关心，我当然理解，便不再说什么，但心里还是不安。

下午，父亲兴奋地提着几包药回到家。母亲满脸期待地问："怎么样？"父亲答道："那个医生说这药要是没效，他不仅不收分文，还包赔。娃儿流鼻血的毛病算是有希望了。这药还得加一味药引，今晚我就到城外去找。"

我纳闷：到底需要加一味什么药引，还要到城外去找？晚饭后，父亲拿着手电筒，提着塑料桶出了门。我问母亲："爸这是要找什么药引啊？"母亲难以掩饰眉宇间的高兴："那个医生说，这药加入蚧蟆后，药效会更好些。"

母亲的话让我心里一颤："爸爸去弄蚧蟆做药引？不会吧？"印象中父亲对蚧蟆好像很有感情，好像是因为他小时候一条蛇要咬他，一只蚧蟆突然跳出来，挡住了蛇。记得有次与父亲一起去餐馆吃饭，邻桌点了一道叫"辣得跳"的菜。不知就里的父亲，忙问服务员这是道什么菜，服务员介绍道："这道菜也叫火爆蛤蟆。先生，您想要来一份吗？"

父亲没回答，起身便走，说要换个地方吃饭。我忙问缘由，他愤愤不平："火爆蛤蟆，这家店太黑了，怎能这样呢？那些吃蛤蟆的人，也不是啥子好东西。"我学识尚浅，只知道蛤蟆就是青蛙，是一种对庄稼很有益的动物，应该被保护。因此，在父亲的潜移默化之下，我也不禁讨厌起吃蛤蟆的人来。但现在呢，父亲要拿蛤蟆做药引，这不是背离了他的原则吗？我决定等父亲回来一定要劝他放了蛤蟆。

夜里，父亲提着装了十多只蛤蟆的塑料桶回来。蛤蟆们全然不知即将遭遇的灭顶之灾，在塑料桶里活蹦乱跳。父亲催促母亲快些熬药，而后从塑料桶里抓出了一只蛤蟆。在父亲宽大的手掌里，那只蛤蟆的双眼鼓得圆圆的，四肢拼命挣扎着。可任凭它怎样挣扎，也逃不脱父亲那充满力量的手掌。

看蛤蟆可怜的样子，我的同情心泛滥起来，走到父亲面前说："还是放了它吧。那个草药医生肯定乱说，蛤蟆做药引，哪跟哪的事啊！"

"没听说过才独特。"父亲不由分说，将那只蛤蟆扔进药罐，合上盖子。

我清晰地听到那只可怜的蛤蟆在药罐里扑腾的声音，由强至弱，最后什么动静也没有了。目睹了蛤蟆由生到死的整个过程，我的内心充满了强烈的悲哀之情。看着父亲兴奋的表情，我突然有些厌恶：真狠心，一个鲜活的生命，就这样被他活活闷死了。我不忍再想那残忍的一幕，赶紧回到自己的房间。

良久，父亲端着冒热气的药碗走了进来。闻到碗里散发出的药味，我有种前所未有的厌恶感。想到这药水里有蛴蟆挣扎死去的无奈叹息，我的厌恶感更加强烈，故意不去接父亲手里的药碗。

一直端着药碗的父亲，见我半天不动，有些急了，催促道："娃儿，快点喝了它，喝了你就不流鼻血了。"

我看向父亲。他的眼睛里丝毫没有对那只惨死的蛴蟆的怜惜，有的只是要我喝药的期待。我忍无可忍："你难道一点都不觉得自己残忍吗？那可是一只活生生的蛴蟆啊！""一只小蛴蟆，有什么大不了。只要你的病能好，其他都不重要。"父亲笑着说。

"我不喝！"刹那间，我的倔脾气上来了。

"快点喝了它，不然等会儿凉了。医生说凉了药效会打折扣的。"

"我不喝，就是不喝。"我伸手去推父亲手里端着的药碗。

父亲毫无防备，以为我伸手是要去接药碗，但瞬时药水泼溅而出，溅得他满手都是。他一愣神，药碗"啪"的一声掉到了地上。

药碗碎裂的声音，使我很震惊。我赶紧看向父亲，发现他眼睛里闪过一丝怒火。我突然有些害怕，害怕他会打我骂我。但父亲眼里的怒火一闪而过，之后便一言不发地弯腰去拣地上的碗碴。这时，母亲冲进房间，一脸担忧地问："怎么啦？"父亲看了一眼母亲，平静地说："去把药罐里的药倒了，把桶里的蛴蟆也放了，重新给娃儿熬药。"

母亲神色诧异，但没再说什么，转身出了房间。看着俯身拾拣碗碴的父亲，我一时不知所措。父亲俯着的身影有些佝偻，显得无力而苍老。我虽然依旧对父亲将一只活蚂蟆扔进药罐的行为感到厌恶，但又觉得自己太过分，他毕竟是为了给我治病。

父亲一直没有说话，拣完地上的碗碴后，默默地走出房间。看着父亲落寞的背影，我对他的厌恶顿时消于无形，取而代之的是满腔的愧疚。

不久，父亲再次端着药碗走了进来，一脸认真地对我说："这回没有蚂蟆了。"我接过碗，将苦苦的药水喝得一干二净。

在接下来的一个月里，几乎每隔两天，父亲都会在晚上出去一趟。而我则乖乖地按时吃药。日子一天天过去，我流鼻血的毛病竟渐渐好转，并且从未复发。

大学毕业后，我前往西藏拉萨工作。位于青藏高原的拉萨氧气稀缺，低海拔上来的人在气压骤变中，很容易出现流鼻血的现象。但我这个在低海拔都能流鼻血的人，在青藏高原竟从未流过鼻血。

一天，我正在世界海拔最高城市日喀则进行采访，突然接到父亲的电话："流过鼻血吗？听说高原上很干燥，容易流鼻血。""没有，我好着呢！"我高兴地报平安。

"多亏了那些蚂蟆……"父亲突然意识到自己说漏了嘴，赶紧停了下话。

我知道父亲想要说什么。其实，我早就发现了父亲藏着的秘密。在吃药的那些日子里，有次我从垃圾旁经过，发现药物残渣里有很多被煮得只剩下骨架的蚂蟆残体。这时我才明白过来，我吃的那些药里，一直都有做药引的蚂蟆。

发现这个秘密后，我没有莽撞地找父亲理论，也不再厌恶他。我明白他想我早日痊愈的那份苦心。我不知道流鼻血的毛病治好，是否归功于那些命归九天的蚧蟆，但其中肯定饱含了父亲对我的无限爱意。

　　现在，我依旧保守着蚧蟆药引的秘密。听着《正月十四送蚧蟆》的民谣，看着渐渐隐入水中的蚧蟆，希望我的祝愿和歉意被所谓"瘟神"的它们听到。但我却唯独不希望父亲知道，我只想让这份对蚧蟆的真诚祝愿和歉意，成为儿子对父亲的秘密！

一只走失的饭盒

王国民

我习惯了吃母亲送的饭。从年少读书到现在参加工作，每天中午十二点，母亲都会准时把饭送给我。

从单位出来经过两条街和一座桥，就是母亲和我住的靠江小屋。这间承载着我多少儿时梦想的小屋，一直是我记忆里最自豪的地方。我一直佩服母亲，从贫穷年代一路走来的她，总会做一桌子菜，不管是韭菜炒蛋、辣椒炒肉，还是红烧鱼，都像施了魔法一样，令我垂涎三尺。

同事说我是个有严重恋母情结的人，我不否认。我甚至希望一辈子就这么陪着她，在尘封的岁月里慢慢变老。母亲敲着我的头说我读书读呆了，都奔三十的人了，一点都不成熟。也许真怕我陪她不娶，母亲开始为我张罗找对象的事。

母亲人缘好，又热情，消息一放出去，上来说媒的人真不少。我不忍心违背她的意思，说一个我就见一个，只是我有一个条件，那就是一定和母亲住在一起。话虽这么说，可是我终究没能坚持住，抛下母亲搬了出来，为了我喜欢的女人——燕。

燕来我家的第一天就说:"一个太恋母亲的男人不会是个好男人。"母亲没说话,只是默默地走进厨房。

好几次,我都想把母亲接过来,怕她一个人太孤独。可燕不肯,甚至说除非她离开。

我想念母亲做的美味佳肴。燕说:"我给你做。"吃了几顿,总觉得索然无味。有时我在想,我并不是嘴馋母亲做的菜,只是需要一份亲情的关爱。

或许燕是从小缺乏母爱,也或许是嫉妒母亲,怕母亲抢走她在我心里的地位,每次回家,母亲做的菜,她几乎都不吃。

由于我工作的地方离小屋不远,所以我打算让母亲悄悄地给我带一份午餐。但不知燕怎么知道的,她立即和母亲大吵了一架。这个事我是后来才知道的。我足足等了两天,母亲也没送饭过来。

因为出差,我没能回家。一周后,我回来发现母亲的小屋空无一人。我一路狂奔到燕的公司,将她狠狠训斥了一顿,然后拉着她的手,四处寻找受伤的母亲。终于我们遇到一个和母亲熟悉的邻居,他一脸惊讶:"你母亲不是给你送饭去了吗?刚才我还和她聊着呢。"然后指着前面的一条小路说:"就是朝那边走的。"

那是通往江边的小路。顿时,我的头上冷汗直冒,甩开燕的手,拼命朝前跑。我不知道自己是怎么跑到江边的,那一刻我只有一个信念:我绝不能失去这唯一的亲人。

江口,两块石头,两个饭盒,一个老人边吃边念叨着。那个老人正是我的母亲。

看着她，我的眼里噙满了泪水。父亲走得早，自我懂事起，母亲就操持着这个家。她把所有的心酸和泪水都往自己肚子里咽，无怨无悔。而如今，由于多年操劳，她已病魔缠身，只剩下一个心愿，那就是不被我们淡忘。可我终究忘了她。我忽然抬起了自己的手，燕在旁边吓得面无血色。可巴掌落在了我自己的脸上。我不怪妻子，我只恨自己无情，无能。

母亲被我吓到了，良久她才说："傻儿子，你在干什么？不要担心，我没事，你们快回去吧。"我走到母亲面前，拿起饭盒说："妈，我陪你吃。"母亲怔住了。燕子也在我旁边坐了下来，她哭着说："妈，是我错了，是我不好，惹您伤心了。"

母亲叹口气说："燕子你没有错。只是我给儿子送了十五年的饭，忽然叫我不送，我不习惯。"没等我开口，燕又说："妈，您也给我准备一份吧，以后我想吃您做的饭，好吗？"

晚上，燕主动把行李搬回了小屋。燕说以后她下班回来就帮妈妈做饭，再给我送过来。

从那以后，我们才真正明白，母亲那小小的饭盒里，盛的并不是简简单单的菜肴，而是一份晶莹剔透的爱，这份爱才是我们生命的营养所在。

那个离你最近的人

王国民

　　我曾多次在电视上看到这样的新闻，一对父子由于某种原因关系变得越来越糟，争执也越来越多。后来儿子出走，从此两人形同陌路。在亲朋好友聚会时，别人一提到儿子，父亲便火冒三丈，似乎在他的眼里，父子即使十年不相见，他也不难过。但当儿子真正落难时，父亲便再也坐不住了。

　　多年后，儿子得了尿毒症急需换肾。对这个并不富裕的家庭而言，想要治疗绝不可能。紧接着，他的妻子带着儿子弃他而去。从此他陷入了绝望，只能数着日子等死。

　　有人提议，他可以去找他的父亲。但他担忧，年少无知的自己和父亲分开已经十年，互相都没联系过，在父亲心中，也许早就没他这个儿子了。

　　很多人都在猜测父亲到底会不会出现？最后父亲还是来了。在他最危难的时刻，陪在他身边的还是最疼他最爱他，不计较他任何过错的父母。后来父亲为筹医药费卖掉了房子。父亲不在乎自己的身体，毅然决然地捐了一个肾给儿子。出院那天，儿子跪在父亲面前痛哭忏悔。

生活中，我们都有这样的经历：年幼时，最好吃的一直都在我们的手中；长大离开家，父母日日夜夜盼我们回家；等真正回到家，父母却停不下来，为我们做出一大桌子菜。然而大多时候，我们又太忙，匆匆扒上几口菜就得离开。剩的那些饭菜，父母要吃好些日子。等我们抽出时间再回一趟家，结局也还是这样。当父母到城里来看我们的时候，他们也总是大包小包地给我们带东西，生怕我们吃不饱穿不暖。

这辈子，我们身边情同手足的朋友和白头相守的爱人，都不能取代父母独一无二的位置。你开心时他们替你开心，你痛苦时他们为你难过，你不在他们身边时，他们又日日夜夜地思念你。

十年前，妻子和我一同回老家。自小在城里长大的妻子，从没到过乡下。当我告诉她乡下蚊子和蛇比较多，而且又没有电扇时，她非常害怕。晚上，母亲一直在陪她，担心她被蚊子咬，便不停地用扇子为她驱赶蚊子，妻子甜甜地进入梦乡，而母亲却忙碌到天亮。

一年前，儿子在学校体检被查出患有乙肝。我不敢相信这个结果，带着儿子去大医院复查。由于我们去得晚，抽完血已经是十一点了，而结果要到下午五点半出来，我不忍心儿子跟我一起等，便让他回家了。

在大街上漫无目的地走了一圈，我又回到医院，找了个宽敞的地方，正想好好睡一觉。突然发现有人拍我肩膀，抬头一看是须发皆白的父亲。他提着保温桶，满头大汗。他问我："没吃饭吧？你妈早就料到，你为省钱肯定委屈自己，她熬了鸡汤让我给你带过来。"我一吃完，父亲就要赶我走，尽管我一直告诉说今天放假，我不用去单位，父亲依然挑起眉毛说："等一个结果，还要两个人？这是浪费资源。"接着，他又重重地拍了拍我的肩膀，说："没事就多陪陪你儿子，和孩子多沟通。"我的心一暖，我自知拗不过固执的父亲。我也知道，其实父亲还有一句话没说，那就是多陪陪我年老的母亲。

忽然，我想起早上妻子发给我的一条测试短信，短信内容是：在你生命中，哪个是离你最近的人？选项是朋友，妻子，父母。答案显而易见，从你呱呱坠地起，他们便开始照顾你，疼爱你，给你最好的；他们能和你分享快乐，也能和你承担痛苦，他们就是任劳任怨的父母。

我郑重地编辑好答案，按发送键，盖上手机。转身看父亲，此时的他正微笑着向我告别……

最初的温暖

他是班上唯一的插班生，也是唯一一个没有住校的学生。父母在工厂里做搬运工。

在周五的主题班会上，老师让每个同学都介绍一下自己的家庭。轮到他时，他的脸一下子就红了，爱面子的他知道卑微的父母肯定要受大家的嘲笑。

那节课，他是唯一一个走到讲台没有说话的人。下课后，他听到很多同学都在对他议论纷纷，指指点点，但只有她例外。他也就特别地留意她。

黄昏，他出来拣废品，却不料在路口遇到了她。女孩好像明白了什么，主动跟着他。他惊讶道："你不怕脏？""不怕，而且我也觉得这特别有意义。"她甜甜地笑了，露出两个小小的酒窝。他头一次觉得拣废品不再是丢脸的事。

她主动要求和他同桌。因为是插班生，他的成绩在班上并不耀眼，很多问题他不懂，她就教他。中午，同学们都去玩了，他们还在教室里看书。那个年代的学生对爱情有些了解。他觉得自己喜欢上了她，有时他会想要是将来能娶个这么好的女孩，那该多好啊。

初三那年，他父亲出事了，本来拮据的家庭一下子陷入了危机，他一度打算退学。开学六天他还没有报到，虽然班主任也来过，但也没有打消他退学的念头。

她来看他，背个大书包说："我一直在等你。明天去上学，好吗？"他没有回答，因为他根本没钱交学费。她把书包里的钱掏出来："一角、两角、一元、两元……"她数了十多分钟，一共有三百一十五元，她说这是这几年攒的零花钱，虽然不多，但足够交他的学费了。他气恼地说："我不去，我不用你的钱。"她委屈地哭了，说："你先拿着，长大了再还我，这总可以了吧？"他最终还是没有拗过她，依了她的意思。

中考刚结束，他却得知她一家要搬走。他一下子呆住了，半晌后从家里冲出来朝她家跑。远远地，他就看见她坐在车尾，他跟在车子后面大声喊。他甚至没来得及跟她说声再见，车子就无影无踪了。

她走后的一周内，他都没睡好，总有一种丢了东西的感觉，他努力地找却又找不到。一周后，他收到她的一封信和一个包裹，她在信里说她一切都好，希望他们可以在大学里再相见。包裹里是他读高中所需要的参考资料，她怕他弃学，提前给他预备好了。

他一直记得她在信里说的话，所以不管有多苦，他一直都努力坚持。终于他以全市高考第一名的成绩考上了北京大学。

他按照信上她留的地址，风尘仆仆地来找她，却被告知，她在两年前已经搬走。他怔住，从那时起他开始知道什么叫心痛。

大学毕业后，他进了一家外资企业，三年后他升职成了部门经理，又过了三年他拥有了自己的公司。但是他从没有放弃寻找那个陪伴他六年的同桌，而且这种欲望也越来越强烈。

终于有一天，他得知女孩搬到了家乡湖南的一个小县城，他二话不说就赶过来，一口气在这个城市里开了三家公司，成了家喻户晓的名人。

有一天，他正在和家人吃饭，电视台的一个记者告诉他，那个女孩的事有眉目了，她就住在本县的杨家茂小区。

他站在她家门外，听到里面有个男人说话的声音，那是她哥。他对他说明来意，表示只想见她一面，并不想打扰她的生活。

"为什么还要见呢？都那么多年了，她不再是当年的她，而你也不再是当年的你。见了面又如何？还不如不见。"

他说："我找她都找了快十年，见不到我心不甘。"

男人沉默了会儿才说："如果她不愿意见你，或者她已经不记得当时的事情，你还会这么执着吗？"

他说："是的，我只想当面对她说声谢谢，当面把她借我的钱还给她。这十年来，我无时无刻不在想她的好，想她给我的温暖。今天我能走到这个地步，都是因为她的鼓励。我想如果没有她的支持，也许我的人生会截然不同……"

说到动情处他不禁潸然泪下。最后他补充道："我只想看她一眼，想知道她是不是和我一样，还幸福美满地活着，请你成全我这小小的愿望。"屋里传来一声沉重的叹息，接着门开了一半，露出一张年轻的脸："她这几天不在，出差了，等她回来一定会给你一个答复的。"

　　几天后，他收到了一封来自广州的信："曾经六年的郭同学，不瞒你说我早就知道你在找我，只是我不想去见你，因为我知道你会失望。毕竟过去那么多年了，那些曾经的美丽，只能藏在风的记忆里，经不起现实的摧残。我想你也一定认同我的想法，感谢你这些年为我所做的一切，如果你真为了我好，那么就请保持这份最初的温暖，并且好好地活着，好好地为家乡人民做贡献。"

　　他不知道这封信是那个年轻人写的，三个月前，他的妹妹在抗击雪灾的斗争中负了重伤，抢救无效死亡。

父亲种草莓

我不应该跟他说他孙女爱吃草莓的事情。他听后一双眉毛立即挤到一块道："看上去很红的草莓可能打了催红素，少给娃儿吃点，对身体不好！"

我决定听从他的建议，颔首应允。他望着不远处津津有味地看童书的孙女，沉思片刻，眉头舒展道："娃儿喜欢吃草莓，我来给她种吧。"

如今的城市寸土寸金，到哪儿去找种草莓的地呢？没有地种草莓终究是一纸空谈。因此他的话，我并没有多当真。但接下来他的举动却让我看到了他的决心。他逢人便打听："知道哪里有草莓苗卖吗？"看他那副急切的样子，我早该料到才对。在我从小到大的经历里，他不是一直都言出必行吗？

对有心人来说，坚持总会有结果的。在打听了很多天后，他得知江边周末集市有草莓苗卖后，顿时心花怒放。五角钱一窝的草莓苗，他很土豪地买了十窝。望着那满满一塑料袋已经开出白色小花的草莓苗，我替他着急："怎么种呢？"

在我看来困难重重的问题完全难不倒他。他早就计划好了似的，去花市买来十个塑料花盆。这回我算是知道他的想法了，要将这些草莓苗全都种进花盆里。可是土壤呢？我的这个疑问还没成型，下班归来就看到那十个花盆各自抱着草莓苗，在阳台上整齐排列着。

"十个花盆可要不少土壤的。你去哪里弄来这么多？"面对我疑惑的目光，他扬扬眉毛，神情稍显得意地说："我到旁边那个建筑工地弄的，用物管小推车推回来的。"他说的那个建筑工地我自然知道，距离我家的小区差不多有一公里远。

在晚春的阳光下，一位年逾七旬的老翁推着装有百十来斤重泥巴的推车，蹒跚地走在车流如织的街道边，满头大汗，气喘吁吁……这样惊险的画面，突然闪到我的脑海，不免让我觉得有些震撼。早年他做养路工人时，患有严重的腰肌劳损，稍微用劲就会既酸又痛。想到这，我很担心，嗔怪道："娃儿要吃草莓，少买点尝个鲜，问题也不大。"

"吃得再少还是有催红素。自己种的娃儿吃着会放心些。等其他草莓上市时，我这些草莓也该成熟了。"他微眯眼睛，望着刚刚搬进新家的草莓苗，暖暖的目光里，溢满了长长的期盼。

他的固执让我无话可说。作为他孙女的父亲，我在为他孙女的口福暗自庆幸时，也不禁期望："只要他愿意，那就种吧。希望这些草莓苗懂得他的心，不负他的期盼，结出又红又大的草莓来。"

但是这些搬进新家的草莓苗，能结出好看好吃的草莓吗？这实在是个未知数。我也并非不尊重他的劳动，我真的觉得前路漫漫，花盆里被他当成宝贝的草莓苗想要结出草莓，怕是异想天开。

在我心有悲观时，阳台上摆放整齐的十个塑料花盆，引起了他孙女的注意。她很好奇爷爷又种了什么花，于是她蹒跚地跑过去，伸出糯乎乎的小手，想要摘那些白色的小花。

看到这一幕，他急了，赶紧跑过去阻挡了孙女的暴力行为。而后他轻轻抱起孙女，指着草莓苗说："乖，这是咱家种的草莓。再等两个月，你就可以吃到咱家种的草莓了。不过，咱可不能摘这些白花花啊。"

对他孙女来说，有草莓吃是让她欢呼雀跃的事情。听过他的话，孙女使劲地拍起手来。看着高兴的孙女，他的神情再现得意。

但他的得意并未能维持太久。接下来发生的事验证了我先前的悲观想法。不管他多么精心地侍弄花盆里的草莓苗，期盼中的开花结果并没有出现，倒是白色小花接二连三凋落，叶子一片接一片枯萎，直至整个植株毫无生气。

为了拯救草莓苗们的生命，他能想的办法都想了。有人说，可能是花盆里土壤不够疏松，不利于根的穿透。他不怕麻烦，急忙小心翼翼地松土。刚松完土，又有人说，可能是花盆里土壤不够多。他赶紧再次跑去建筑工地，用塑料桶提回两桶土壤，认真地给草莓苗们培土，希望它们的"江山更稳"。培土的活儿一完，还没来得及松口气，有人告诉他，建筑工地的土壤沾了太多建筑垃圾，对草莓苗的根有损害。

听了这话他将目光投向我。我遵照指示将车开到十多公里外的郊区。他找到自认为肥沃的土壤，并让它们搭车到了我家阳台上。可是即便这些土壤肥沃，草莓苗们却持续消瘦，他依旧无能为力。"那一定是草莓苗遭遇虫害了，打点药吧！"有人提议。但他万万不愿打药的，那样岂不是和市场上卖的草莓一样了。

对草莓苗可能的虫害，他亦有他的办法。不知道他从哪里找来一把干稻草，躲到小区隐蔽角落，将它们点燃。浓浓的黑烟将巡视的保安引了过来。他局促地解释，阳台上种的草莓有虫害了，草木灰有杀虫作用。保安了解后，神情严肃地告诫他下不为例。结果草木灰还是没能挽救草莓苗，它们相继枯萎，阳台上只留下一个个露出了干燥土壤的花盆。

或许是他的锲而不舍感动了草莓苗，阳台最靠里的那盆草莓苗与他一样，最终坚持了下来。尽管它的白色小花早已杳无踪影，叶子也只剩下四五枚。但只要活着就有希望。父亲望着这盆幸存的草莓苗，眼睛里燃烧着期盼的火焰。

这个时候，市场上开始有早熟的草莓在卖。对此他不以为意，依然故我。那些空出来的花盆，他有心再种上草莓。但现在不仅是找不到草莓苗，而且已经过了移栽的最佳时间，坚持移栽很难成活。于是他决定暂时放弃再种新草莓苗的想法，只将剩下那窝病恹恹的草莓苗照顾好。

对于他的坚持我依旧心有悲观："这最后的一窝草莓，怕是很难再次开花结果吧。"事实上，在草莓本该大量成熟的季节，他的草莓苗们集体趴窝，即便幸存下来也未必能创造出结果的奇迹。面对孙女渴求的目光，他一脸歉意："乖孙，咱家种的草莓要等到明年才能吃。"

我不能不怀疑这窝草莓能等到明年吗？想想那些夭折的草莓苗们，怕是只有他才相信这窝草莓能坚持到明年。但他依旧精心地侍弄最后剩下的这窝草莓苗。他看着阳台上孤零零的草莓苗，并没有感到失望。只要坚持就会有奇迹，这一定是至理箴言。

奇迹在他的坚守中终于上演了。这年秋天，这窝原本命悬一线的草莓竟然开出了几朵白色小花。

在阔大的阳台上，那些白色小花并不显眼。但它让我原本悲观的心也悄然而生起一份期盼：它会结果吗？在秋天里少见的蜜蜂，绕飞在白色的小花中间，这竟然使我的怀疑变成了坚信。

秋天就要结束时，那窝草莓苗上的十多朵小花全都凋零了。是结果了吗？我满心期待起来。

在枚枚绿叶中间，我看到了一颗不仔细看就难以发现的青色草莓。同时，我也看到了父亲神情间的得意。他孙女就在他身边，用小舌头舔了舔嫩嘴唇问道："爷爷，我什么时候能吃到咱家种的草莓呢？"

他信心饱满地说："应该是这个冬天吧。乖孙一定会吃到咱家种的草莓！"

他的话，让我不禁对那棵孤零零的草莓的命运担忧起来。正常来说，草莓生长成熟的季节是春夏之交，最适宜的温度是 15—25 摄氏度。我们这个地方，到了冬天，气温一般都会降到 3—10 摄氏度。而这，显然不是适宜成熟的温度。

可我不能再悲观，不能再怀疑，我必须和他、他孙女一样满怀信心。对接下来的冬天，我的心里更加期盼。我深信给草莓充分的光照，适宜的温度，即便是冬天，他也一定会让奇迹发生。

而这就是爱的奇迹！

母亲住在一朵云里

1

年少时，母亲带他去山坡上看云。那是个清晨，清澈的阳光倾泻而下，草尖的每一滴露珠都闪烁着，展示着这个世界的缓慢与悠远。

他随母亲来到一处平坦的草地，母亲指着天边不断幻化的云对他说："这些云会满足你的愿望，会变成你昨天想要的那些玩具，只是你要仔细捕捉它们的痕迹。因为它们只能为一个孩子存在很短的时间，全天下孩子的愿望它都要一一实现。所以你一定要用心找到那朵属于你的云。"

母亲说完后用手轻轻拂过他的头。母亲的手柔软得像天上的云，还带着一点皂角的味道。每当忆起，总让他有一丝不真实的感觉。

那一天，他真的从一朵云里找到了自己想要的玩具——一只毛茸茸的小狗。他清晰地看到了小狗洁白的爪子和耸动的鼻子。他兴奋地想把这个消息告诉母亲，却发现不知何时，母亲已经俯身在稻田里侍弄幼小的禾苗。阳光洒下来，稻田中水光荡漾，禾苗上无数露珠随着母亲的移动滚滚而落，露珠中倒映的世界在瞬间破碎，溶入黄色泥浆中。

他幼小的心突然一颤。

一个月前，在稻田中劳作的健壮的父亲，如今只能躺在家中宽大的土炕上。由于那些潜伏在稻田深处的可怕的血吸虫，循着父亲的双腿进入了心脏，让如山岳一般高大的父亲瞬间倒塌。想到这，他的目光顿时黯淡下来，低头不敢再看母亲。可是当他再次寻找天空中那只洁白的小狗时，却发现它早已不知所踪。

那是母亲第一次带他看云。

那一年，他五岁。

2

母亲总是忙碌不停，她将大把时间放在了稻田里，偶尔还会失踪一段时间，然后一脸苍白地出现。他则习惯了沉默，总是一个人来到这片山坡看白云变幻，找寻那片为他幻化出心中愿望的云。

他十五岁那年，父亲终于撒手而去。父亲卧床十年，四肢萎缩，面黄肌瘦。他抱着父亲像抱着一把稻草。可是当他把这把稻草交给母亲时，母亲却在瞬间被压垮了。他这才发现曾经高大的母亲已经矮了他一头。她俯在床边一如既往地擦洗着父亲的身体，仿佛父亲从未离去。恍惚中，他感觉母亲像天上的一朵云般遥不可及。她在迅速变幻着，十年来的变化在这一刻重新浮现。当一切尘埃落定，他终于相信，曾经高大、温柔、坚强的母亲已变得矮小、苍老、脆弱不堪。

十年时光像天上的云朵般无常，他渐渐长大，母亲却在迅速老去。

处理完父亲的后事，他悄悄地来到那片看云的山坡。天还没有亮，草地上湿漉漉的，天上的云还在沉睡。他小心翼翼地脱下鞋袜，生平第一次走入了那个带走了父亲、圈牢了母亲、养活了自己的稻田。

踏入稻田的一刹那，一股冰凉的寒意侵袭着他的身体，泥泞的黄泥让他脚下一滑，摔倒在一片泥洼之中，他奋力扑腾着，却无法控制双脚，在这片仅没过小腿的稻田中怎么也站不起身来。他突然明白了为什么母亲自从踏入这片稻田后，挺拔的腰身便日渐佝偻，光洁的肌肤变得黯淡无光，温暖如云的双手也变得如此坚硬干枯。

他从稻田中挣扎而出后，趴在草地上痛哭了许久。直到前来找他的母亲将他揽入怀中，他才擦去眼泪，不顾浑身的泥泞，再一次踏入稻田。

这一次他不再惊慌。因为他发现一向镇定坚强的母亲变得不知所措。母亲抱着这个已高她一头的儿子，却不知道该如何安慰。天空中的云在朝阳的映照下放射出灿烂的霞光，那光瞬间涤荡了整个世界的黑暗。他终于明白，原来那柔弱的白云也有如此坚强的一面。

从此在忙碌的学习之余，他便开始走入那片稻田。忙碌间隙，他还是会抬头看天上的云。

伴随着他的成长，看云渐渐成了他生命中不可或缺的部分。在他看来那些云既像这个世上的事，变幻无常，无法把握，又像这个世上的人，随风飘荡，居无定所。

3

　　母亲仍然是稻田中最忙碌的人。当他升入高中，从小山沟走入县城时，他离那片稻田已经越来越远，他只能利用周末时间拼命地在稻田中劳作。

　　这时他惊奇地发现，原来县城的云与小山坡上的云是不一样的。县城的云十分匆促，它们似乎都在向某一个地方飘移，而小山坡上的云几乎是静止不动的。县城的云零散无序，小山坡上的云却错落有致。他疑惑：所有的云都在向这片小山坡汇聚，究竟预示着什么？在这片小山坡上，只有日夜劳作疲惫不堪的母亲。

　　当他拿到大学录取通知书的时候，他开始犹豫不决，他知道自己上不起学，但是又不想放弃这个改变人生的好机会。他不敢告诉母亲，母亲为了他几乎透支了自己的生命。而他已经十九岁了，不应该再让母亲来承担这些。

　　高中生活结束后，他回到家告诉母亲，自己没考上大学，想去外地打工。母亲听后沉默不语，过了许久，从土炕下取出一个青布小包，轻轻打开一层层布，露出一沓崭新的百元纸币。

　　他的身体不由自主地颤抖起来，他深知母亲不可能有这么多钱。母亲似乎看出了他的疑惑，缓缓地对他说："娘不会偷不会抢，你爹病的时候，娘把亲戚家都借遍了，再也借不来这么多钱。这时娘听人说县城里有一个血站，虽然它不是公家开的，但是给的钱不少。于是娘就去卖了一回血，血站的人对娘说，正常人卖血没有事的。而且娘的血型很罕见，所以很值钱。"

他心中的疑惑终于被解开，为什么娘会偶尔神秘消失，为什么娘再出现时脸会变得那么苍白，为什么娘曾四次晕倒在稻田里。那天他抱着母亲瘦小的身体哭了许久，然后取出那张叠得方方正正的录取通知书，又和母亲一起笑了许久。

那天夜里他难以入睡，一个人走到小山坡上。他抬头发现一片片云正在月光中潜行，不再变幻，只是静谧地飘移着，俯瞰着芸芸众生。

4

于是他成了村里少有的大学生。当他怀揣着母亲用血换来的钱走入大学校园时，内心既有彻骨的疼痛，又有坚定的信念。他说："娘，再等我四年吧。"

在大学校园里，他依然常常看云，看着一朵朵白云向着母亲的方向飘去，内心十分平和，他想这云会佑护着母亲吧。

大三时，他得知母亲生了一场重病，想休学照顾母亲，但被母亲拒绝。母亲对他说："娘的病没事，养养就好了，只是可惜了那片稻田，正是播种的季节。"

毕业后，他留在了城市里，每个月都寄给母亲一大笔钱。城市生活忙碌无比，他渐渐丢掉了看云的习惯，也减少了看望母亲的时间。他本想接母亲来城里，但母亲心系那片稻田不愿过来。母亲觉得城市留不住人，城市里的人就像天上的云一样，身子停不下来，心也不知道该如何安放。

结婚后他更是忙得焦头烂额，有次他竟长达三个月没有回去看母亲。之后妻子怀孕，他在公司升职，生活变得更加忙碌。也就是在那时，家乡传来母亲去世的消息。

他强忍着内心的悲痛，放下一切赶往家乡。在车站等车时，他下意识地望向天空，发现天空澄澈万里，没有一丝云的痕迹。顿时他泪流满面，痛恨自己竟然这么久没有看云，没有意识到它们也有随风而逝的一天。

他把母亲葬在了小山坡，那个同样埋葬着父亲的地方。那天蓝天上白云朵朵，大地绿草如茵。他走入那片熟悉又陌生的稻田，扶正一株株禾苗，清理一片片残叶。然后他仰起头来，看到上空有一朵硕大的白云，它既像一把张开的伞，又像一盏点亮的灯，似乎拥有沉默而巨大的力量。

他坚信离开后的母亲一定住在这朵云里。

爸爸的眼睛

刘秋绿

很小的时候，我喜欢看着爸爸的眼睛，听他说话，听他给我唱歌，讲故事。爸爸的眼睛很迷人、眼珠乌溜溜的；他的眼睛炯炯有神，眼里总带着笑意和慈爱，还有成功男人所特有的自信和满足。那时他是单位里的才子，能文善画。领导非常赏识他，同事们都很敬佩他，很多人请他帮忙写对联、画肖像、做编辑……他们用世上最美好的语言称赞他，并说他的眼睛很有灵性，看什么就能学会什么，同时也夸奖我妈妈贤惠。然后他们会拍拍我和弟弟妹妹的小脑袋，说我们可爱极了。那时，我为拥有这样受欢迎的爸爸而感到自豪。

俗话说："天有不测风云，人有旦夕祸福。"爸爸正春风得意，打算在岗位中大显身手之时，却在一次为单位画广告画的过程中被松节油和二甲苯弄伤了左眼。他不得不带着忧愁离开心爱的工作岗位，踏上求医之路。从乡镇医院到市级医院，从市级医院再到省级眼科医院，最后得到的诊断结果是视网膜剥离，爸爸必须做手术。而那时我家并不富裕，一家五口就靠着爸爸的工资维持生计。这笔数目庞大的医疗费让我们愁眉不展，我们开始过起了酱油拌稀粥吃的日子。

为了治好爸爸的眼睛，外婆带着我们四处求神拜佛，妈妈则为借钱四处奔波。而那些经常找我爸爸画画、写字并对他赞不绝口的"朋友"一下子从这个世界消失了，一个个不见踪影。当妈妈走投无路，不得不向单位领导求助时，那个在我心目中一向慈爱的经理竟然数落起爸爸的不是。看着泪流满面的妈妈，我怎么也想不通：为什么所有的人都变了样？

　　后来，在爸爸的几位较少联络的朋友的帮助下，我们终于凑齐了医治爸爸眼睛的钱。

　　当爸爸妈妈不在我们身边时，我学会了照看弟弟妹妹，做饭、烧菜、洗衣服，并懂得了什么是坚强和忍耐。那时的我才十岁，梦里总会看到爸爸那清澈明亮、又饱含喜悦和满足的眼睛。

　　再后来，爸爸在经过两次手术之后，左眼宣告彻底失明。他再也不能画画，写字，做他所喜欢的工作了。而那时他才三十多岁，他那原本明亮的眼睛变得毫无神气，眼里只有忧伤、愤怒和绝望。领导给他换了工作，专门管理水电的收费问题。除此之外他整天还得冲洗厕所，并且忍受一些势利小人的冷嘲热讽。我们的家也忽然间清静了很多。

　　爸爸的眼睛失去了光泽，人也变得不再慈爱，动不动就朝我们发脾气，家里经常响起他的咆哮声。爸爸的烟越抽越多，酒越喝越烈。醉眼蒙眬之时便向我们倾诉他的落魄和无奈。他说他有好多梦想，他幻想过当作家、画家、书法家……可是命运却让他瞎了一只眼睛。那时我和弟弟妹妹总会拉紧手，望着爸爸那受伤的眼睛暗暗约定：每人帮爸爸圆一个梦。

　　转眼间，十多年过去了。爸爸似乎习惯了只有一只眼睛的生活。他是个坚强的人，在这四千多个落寞的日日夜夜，在别人骂他"独眼狗"的时光里，他默默地承受命运赐予他的痛苦，依然潇洒地与命运搏斗。他学会了很多知识，天文地理无所不精。同时，他把所有的知识和技艺都传授给了我和弟弟妹妹。我们都很争气，在别人的嘲笑声中帮爸爸圆了他的梦。

　　现在我是一名中学教师，在教学之余从事写作；弟弟在美术方面很出色，毕业后自己办了一家设计公司；妹妹选择了装潢设计专业，她的愿望是当一名优秀的设计师。

　　爸爸依然用一只眼睛看世界，但他不再叹息，不再愤怒。他说上天是公平的，它带走了一种东西，就会用另一种东西来补偿。我们是爸爸生命的延续，也是爸爸的骄傲。爸爸圆不了的梦，我们替他圆。

　　如今我们家又是门庭若市。当我再看爸爸的眼睛时，发现他的眼里除了有久违的喜悦和慈爱之外，还多了一份平静与淡泊……

那个总是输给我的人

1

童年，在从村里去小镇的小路上，母亲走在前面。她挑在肩头的那一担大白菜，让瘦弱的她气喘吁吁。我跟在后面一会儿去追蝴蝶，一会儿去采野花。母亲时不时停下脚步招呼我："丫头，走快些……"

晌午，卖完白菜，母亲捏着那几张薄薄的纸币盘算着换些油盐，再扯一块花布，给姐姐和我做衣服。这时，我偶然看到百货商店的橱窗里摆放着一个洋娃娃，波浪般的长发，会眨动的大眼睛，真是太美了！我的眼睛直盯着它，任凭母亲怎么喊，也不移开脚步半点儿。

"请问这个娃娃要多少钱？"母亲跑去问。那个嗑着瓜子的售货员，翻翻眼皮，冰冷地吐出两个字："六块！""太贵了！"母亲窘迫地退了出来："那一担大白菜，也不过才卖了七块钱呀。"

我不说话，低着头紧跟在母亲身后。我不停回头张望，竟然感到心如刀绞般的痛，泪水滚滚而下。"这是谁家孩子呀？怎么哭成这样？哎，你是怎么当妈的？"在母亲排队准备扯布时，流泪不止的我引起一位阿姨的注意，她毫不客气地责怪母亲，还塞给我两块糖果。母亲的神情有些窘迫，她仿佛下了狠心，拉起我直奔百货商店，大声冲着售货员说："我们要买那个娃娃！"

我们饿着肚子走在回村的路上。我兴奋地高举着那个娃娃一路高歌。

记忆里，这是第一次母亲输给了我。

2

二十二岁那年，我喜欢上一个人。母亲说："丫头，你们不合适。"年少轻狂的我哪里听得进去，反而硬生生地摆出一种姿态：如果一定要阻拦，就死给你们看。

那时，邻居家有个女孩刚闹过恋爱风波。也是因为家人反对，她独自离家出走。半年后她被找回来，不知在外面吃了什么苦，整个人都变得很呆傻。

面对我的倔强态度，母亲害怕了。她委托了好多亲友轮番来劝导我，可我听不进去，一次又一次地把房间里的东西全都摔在地上，冲着母亲怒吼："我的事，不用你管！"很多次，母亲半夜坐在客厅里小声抽泣。我的心竟似长了老茧一般，又冷又硬，半点儿也不懂得怜惜母亲。

最终母亲没能拗过我，只能含着泪答应。多年以后，回忆当时的情景，我终于理解，那时母亲的泪该有多么苦涩。我终于如愿以偿地和那人在一起，却没有得到憧憬中的幸福。归来时，我的一颗心已是伤痕累累。

这一次的博弈母亲又输给了我。但我却输掉了自己的青春。

3

三十岁，我依然孑然一身，居无定所。辗转多次，终于又回到了故乡工作。

母亲说："家里宽敞，你的房间一直闲着，回来住吧！"

这时我的内心是痛苦的，我多想扑到母亲怀里痛痛快快地哭一场。就像小时候，我手上扎了一根小小的刺，都会冲着她诉苦一样。可是如今生活这杯苦酒，我必须独自咽下。

于是我说："还是租房吧，更方便些。"

我租的房子很小，阳光照不进来，窗户上的玻璃碎了好几块。一张窄窄的小床是唯一的家具。由于太过寒酸和简陋，怕母亲看了会伤心，于是我"威胁"她说："我会经常回家看看，不许到我租的房子里来，否则我会搬到更远的地方……"

于是母亲每次给我送东西都是等在楼下，然后打电话让我下去拿。饭菜装在保温桶里，热乎乎的。哪怕要站在寒风中等待很久，她仍遵守诺言决不上楼一步。她装着无视我的落魄，来维护自己女儿的尊严。

这一次母亲的认输让我读出了心酸的味道。

4

　　时光如白驹过隙。只轻轻一晃，五年的光阴已逝。

　　母亲已渐渐老去，曾经的乌发早已染上了岁月的沧桑。她不是一个爱美的人，却坚持让我帮她染发。腰酸背痛的老毛病也时时跑来折磨她，她却努力挺直腰板，走路依然如风。因为我，母亲不敢老去。

　　还好我早已重新捡起了爬格子的爱好，日日伏案读书，写字。源源而来的稿费单，终于让我的日子不再寒酸。我买了一套两居室的房子，结束了居无定所的日子。存折上的数字，如蜗牛前行，虽然缓慢却一直增加。日子一直朝着更好的方向行走。

　　那次我回家，母亲正揉着酸痛的手臂，费力对付着一件泡在水中的厚棉衣。我说："咱买个全自动的洗衣机吧？"她急忙摇头不让我花那冤枉钱：她还没老呢！

　　隔天，我悄悄去了一趟家电城选好一款洗衣机，叮嘱工人直接送到家。被蒙在鼓里的母亲，惊讶之余说："每年冬天洗棉衣的时候，我总是发愁，真的拎不动呀！这下好了，真好……"母亲输给了我，却输得那样欣慰。

　　穿越沧桑的岁月，我不知道还有多少时光可以用来陪伴母亲。但我知道只要我能过得更好，只要我需要，母亲还会永远输下去。

俺娘不是笨老婆

在我之前娘已有两个女儿，由于是几代单传，爹发了狠心非要生出个儿子不可。那时候国家强制实行计划生育政策，娘也做了结扎手术，可偏偏又生出了个我。爹叹气道："这就是命啊！反正老农民也没个户口本儿，谁爱结谁结去吧。"娘生的尽是女娃，有些气短，不敢驳爹的牢骚话。她心里却是极疼我们几个的，尤其是我。娘说："俺三儿这命是老天给的，将来必有大造化！"后来娘知道读书管用，嫌山沟里的小学教育质量不行，硬是把我托给山外的亲戚，让我得以在那里的学校读书。

俺家住在一个极其偏僻的山沟，这里年年把旧历七月初七当节日过，连在"文革"期间都没停止过。七夕节是女人的节日，这天晚上有"乞巧饭"吃，大家搞得隆重而神秘，绝对没有男人的份儿。我们姐妹几个盼这一天的心比盼春节更切。每年这个节日都赶上暑假，所以我虽在山外读书，乞巧饭可一回也没落下。

我出生前乞巧饭都是蒸玉米面包子，后来升格为白面水饺了。娘在做这顿饭前必要洗手，给"织女姑姑"烧上一炷香。然后她把顶针、布头儿、线团儿，还有从炊帚上薅下的一根草棍分别包进饺子里……吃饭的仪式非常庄重，娘对我们说："吃到顶针，就说明手巧；吃到布和线，就说明有活儿做，有好衣裳穿；吃到了草棍，那就说明她是个笨老婆。"姐妹三个都不习惯"老婆"这个词儿，可老辈儿留下的规矩谁能破得了呀。何况乞巧饭那么有趣，我们也就不计较了。等我到山外读书后，娘不知从哪儿又打听到新规矩，饺子里添加了一枚钢笔帽儿的卡子。娘说谁吃到这卡子，那就乞到了真巧，将来必有大学问，并一再嘱咐可准啦。

在这七夕节中我读完了初高中。期间每次吃乞巧饭，俩姐姐不是吃出顶针，就是布条儿和硬币，而我总是吃到笔卡子。娘便预言似的说："怎么样？灵着呢！俺三儿她就是个念大书的料！"说着，又自言自语，"那草棍呢？看哪个是笨老婆？"她最后端起碗，那草棍偏让她吃了出来。娘一脸失落状，爹在一边揶揄道："恁娘她天生就是个笨老婆！"毕竟是游戏，一结束大家就哄堂大笑起来。欢乐就充满了小草屋……

渐渐地我发现包藏顶针和笔卡子的饺子与其他的略有不同，差别就在饺子的褶儿上。我常常不用动筷子就能知道那笔卡子在我碗里。可我不想娘总抽到草棍，总受老爹的取笑。娘的手非常灵巧，邻居有针线活儿经常来请教她。她怎么会是笨老婆？更别说年年笨！我要让娘高兴一回。这一次趁娘忙别的什么事，我将有笔卡子的饺子悄悄地埋在了她的碗里。

待饺子吃完，娘也没发现我吃到什么。她似乎有些急，等她吃自己那碗时，奇迹出现了：她一下子咬到了笔卡子！姐妹们一齐欢呼，娘却十分慌乱，下意识地问："咋回事儿？"爹冷冷地说："咋回事儿你也还是笨老婆，哪个丫头不比你灵巧！"娘这才回过神儿来，赶紧认同："那是，那是。"

我终于明白了娘的苦心：她故意把草棍盛在自己碗里，为的是给女儿们一个好兆头。我又有些可怜娘，因为没文化如今还把传统节日的习俗当成精神依赖。但她不就是把希望寄托在我们这些女儿身上吗？就算她把草棍饺子盛在自己的碗中，能有多大意义呢？把草棍取消不就完了吗？

后来我考上了大学，毕业后当了教师，在城里结婚生女，日子过得无忧无虑。没有爹娘含辛茹苦供我读书，恐怕就没有我的今天。我眷恋他们生活的小山沟，于是每年寒暑假都要回去住一段。这时俩姐姐也带着孩子过来看我。大姐生的也是女孩，她跟娘商量，今年要老少三代同过七夕。激动得欢呼雀跃的女儿，一下子勾起了我儿时的回忆。于是大家动手和面拌馅儿。大姐提议老三命最好，这埋藏硬币顶针草棍的活儿，就由老三负责了。

我忽然觉得手里的饺子皮儿异常沉重，女儿却兴高采烈，这是她头一次吃乞巧饭。假如她吃到草棍，幼小的心灵会不会受打击？可是我怎么样才可以保证在捞饺子的同时，不让草棍进入我女儿的碗里呢？正当我在厨房里犹豫不决时，娘悄悄从外面进来。她手里拿着一把匙儿，在藏草棍的饺子上轻轻一按，那饺鼻儿上立刻出现一个瘪儿。就是再怎么煮我也认得它，先把它捞出来一切不就迎刃而解了吗？

我激动地抓住娘的手。因为长年辛勤劳作，她的双手早已枯瘦变形。娘啊，女儿总是写文章描写娘的苦心，但理解得那样肤浅。而女儿却以为真正的母爱只体现在这一个细微的动作中……

妈妈不会所有的本事

那年夏天，一个很普通的日子，她去小镇赶集。九岁的小女儿一定要跟着她去。她买完日用品已经中午了。天气炎热，女儿的小脸被晒得通红，嚷着要吃一碗凉粉。

她拿出五角钱为女儿买了一碗凉粉。没想到孩子只吃了两口，就嚷着说不好吃，把碗筷丢到了一边。她嗔怪道："你这丫头也忒任性了，要吃凉粉，买了又不吃！"因为舍不得浪费，就自己拿起筷子吃起来。

她吃得很快，心里想着把凉粉吃完赶快带女儿回去，家里还有一大堆活儿。可是一碗凉粉没吃完，她就感觉眼前一黑，突然失去了知觉。不知过了多久，她醒过来发现自己躺在一间完全陌生的屋子里。一个陌生的男人正盯着她看，女儿则被吓得哇哇大哭。

"这是啥地方？我们怎么会在这里？"她搂着女儿，惊恐地问。"这是我的家，你们被别人卖到这里来了！"男人答道。"不，我们要回自己的家！"她挣扎着站起来，却又因为头痛欲裂跌倒了。"别做梦了，老老实实在这里待着吧，我可不能白花钱！"男人冷冰冰地说，他转身出去，顺手把门反锁上。

"我们要回家，放我们走！"她趴到窗前哭喊。但这换来的不是同情，而是男人的拳打脚踢。接下来的很多天，她天天搂着女儿以泪洗面。一天晚上，男人喝醉了酒忘记了锁门，她瞅准机会背起女儿就跑。

天黑她又不认识路，跑出去没多远，就摔倒在路边的水沟里。女儿的哭声很快引起了村民的注意。男人也闻声追了出来，对她一顿拳打脚踢之后，又把她们母女锁了起来。

在此后两个月的时间里，她多次试图逃跑，每次都因为女儿的哭声被发现。最后一次计划逃跑前，她反复哄了女儿多次，没想到胆小的孩子还是哭了起来。万般无奈，她咬牙扔下女儿独自逃入茫茫的夜色中。当时她疯狂地跑着，心中只有一个念头：快点跑，快点跑，等到跑回家，再带丈夫回来救女儿！

她一路乞讨，用别人听不懂的方言问路。费尽千辛万苦，她终于回到了家。她向丈夫哭诉自己的遭遇，求他带她回去找女儿。可糟糕的是她从来没上过学，一个字也不认识，完全找不到回去的路。

在长达二十年的时间里，丈夫和孩子们都不肯原谅她。她一直生活在阴影中，孤独而痛苦。终于有一天，她来到某电视台一档寻人节目的现场，面对镜头，她追诉往事，泣不成声地对丢失的女儿说："闺女，妈妈没文化，妈妈没找到回去的路。妈妈不该丢下你，这么多年了，每到你过生日那天，妈妈的心都很疼。妈妈对不起你，妈妈没本事呀……"

现场所有的观众都因这位母亲自责的哭声而心痛着。令人欣慰的是，这个故事的结局还算圆满。电视台的工作人员真的帮这位妈妈找回了女儿。观众们都陪着她们母女流下了开心的泪水。

妈妈紧紧抱着女儿再次哭着说："都怪妈妈没本事，把你丢了这么多年……"这时，主持人忽然说了一句简短的话，打动了坐在电视机前的我。她说："大姐，您不要自责了，妈妈不会所有的本事……"

是的，年幼时，懵懂无知的我们要吃的穿的玩的，妈妈总是点头答应，尽量满足孩子们的要求，妈妈看起来似乎无所不能。但是妈妈也是普通人，她不可能会所有的本事。就像这位不识字的妈妈，因为忘记了找回女儿的路，一辈子都在自责中度过。

我想如果这次节目组没能找回丢失的小女孩，那她的丈夫和家人，以及观众朋友们，都应该用宽容和理解来温暖她冰凉的心。因为正如主持人所说的那样，妈妈的能力有限，她不会所有的本事。

第二章

无论世界多残酷，你始终温暖如初

母亲啊，母亲

马俊茹

北方的大地在四月才渐渐复苏。它像我的母亲一样，经历了漫长的严冬，终于迎来了生命里的春天。

1

黄昏，北风萧瑟。有人告诉我要到村北边上学。那一刻，我的大脑里一片空白，只想着跑去找母亲！我在风中狂奔，心里有说不出的难受。母亲正帮二婶家干活，忙得满头大汗。听我断断续续地说完，她一脸温和地对我说："去吧，妈给你做双新棉鞋。"她塞给我一个热乎乎的红皮鸡蛋就又开始忙碌起来。她刚一转身，我就又狂奔起来，脸上滑下两股热乎乎的东西。我再也不能坐在教室里看着母亲扛着锄头从窗口经过，回头冲我微笑；再也不能望着母亲的身影一点一点消失在田野尽头；再也不能下课后跑回家跟母亲要一块饼子吃……可是母亲竟说得那样轻松。母亲啊母亲，你怎么能理解孩子对你的那份深深依恋呢？

夜晚，母亲坐在角落里，就着昏黄的灯光为我赶制棉鞋。我缩在被窝里紧紧挨着母亲。一句句轻柔的叮咛随着一针针细密的针眼，被母亲牢牢地缝进鞋底，也伴随着风声进入我的梦乡。在梦里我似乎闻到了母亲身上的味道。

早上我穿着暖和的棉鞋去了新学校。穿过几条小胡同，再经过一条小河，母亲终于松开我的小手。她微笑地望着慢慢走进教室的我……

母亲用线穿起一个个的秫秸秆帮助我数数；母亲边拉着风箱边笑呵呵地看着我们在大槐树下跳绳；母亲守在火炉前给我烤干尿湿的棉裤；母亲在没膝的积雪中用锹帮我铲出上学的路；母亲及时为我交上订校服的钱；母亲还在全班都吃冰棍时悄悄过来递给我五分钱……儿时的记忆像一块块支离破碎的拼图。可是母亲留给我的印象永远是瘦瘦高高的，带着微笑的，就像门口的那棵大白杨。

寒冷的冬天使得我像只病猫一样，常常咳嗽。于是母亲背着我去赤脚医生家打针。胖胖的我懒洋洋地趴在母亲瘦弱的背上。乡村土路十分坎坷，母亲吭哧吭哧地走得很吃力。我伏在母亲的肩头，听到她两膝关节来回摩擦的声音。来回有几里地，母亲总是走得很快。她怕我睡着后感染风寒，答应回去给我买罐头吃。因为我生病多，所以得到母亲的关爱也多。姐姐常常撇着嘴表示不满，此时母亲会说："大的要让着小的。"我一直睡在母亲身边。母亲怕我蹬了被子咳嗽，夜里一直留心给我盖被子。我也习惯了摸着母亲的大手睡觉。

有一天放学回来，我委屈地问母亲："别的同学的妈都比你小，你怎么这么老了？"母亲笑而不答。"傻丫头啊傻丫头，你妈为了生你吃了不少苦，三伏天你一出生你妈就落下了风湿。"邻居婶子听了道。

相框里最早的一张黑白照片上，高高大大的母亲坐在中间，我和姐姐站在她两旁，像两只小老鼠。我们身后是那间老屋，可照片上的人和物都很年轻。

2

考上高中时，哥哥要去送我。母亲将我的行李卷好，叮嘱我："住校不比在家，要吃饱，别省着。"母亲一字一句地说。我低着头，一滴一滴的泪像断线的珠子。母亲笑着打趣："总守在妈身边长不了本事，小燕子总要出去闯练一番才能飞高。"

母亲不会骑自行车，每次家里做了换样的饭菜她都会叫人给我送来。若是没法送，母亲就会坐在桌前默默地念叨：要是三儿在家该多好。她埋怨自己不会骑车，要不就可以去看三儿了。

深秋的一天，母亲突然来学校看我。那是她坐三叔的车来集上卖菠菜。站在大门外的母亲，身上穿着哥哥的旧蓝棉袄，头上系着灰头巾，显得很苍老。隔着大门母亲告诉我家里大白菜收了两万多斤，哥哥的婚期也近了，叫我在学校多买菜吃，别舍不得。母亲说着从里兜掏出一卷皱巴巴的毛票，数出二十元给我。她说高三了该加强营养，别惦记家里，家里都好说。母亲紧了紧灰头巾，坐着颠簸的三轮车回去了。我手心里握着那二十元钱，仿佛握住了母亲那双操劳的大手，针刺般的疼痛和心酸像一阵急流似的迅速袭击了我全身的神经。

母亲从不抱怨生活的艰辛，她总是相信日子会越来越好。直到有一天我无意中发现了母亲的记账本，上面清清楚楚地记着我们兄妹三人上学时借的钱。"他二婶200元，老姨300，对门100，干奶50……"她从未提起自己受到过多少冷落，遭了多少拒绝，一次次空手而归时内心又是怎样的煎熬。可是看着她单薄的身子，夜晚听着她悄悄地捶打疼痛的双腿时的叹息，我知道她是以怎样的坚强挑起了这副担子。

3

"等我老了，你们给我买东西就买甜的。"这是母亲常说的一句话。

小时候过年，孩子们就盼家里剩一盒点心没送出去，这样我们就可以等父亲回来时，一家人围在一起，看着母亲小心翼翼地拆开点心盒，将点心一块一块地递到我们手中。当我们把各自的点心高举着要分给母亲尝时，母亲就会说起那句"等我老了，你们给我买东西就买甜的"。我们小口地吃着，仿佛在把幸福一点一点吃进嘴里。后来，我看到日本电视连续剧《阿信》中，阿信临出门吃米饭时那香甜的样子时，脑海里马上浮现出了家人分吃点心的情景。父亲总是推让着母亲递过来的点心："你们吃吧，我不爱吃甜的。"母亲也总固执地将最大的一块放在父亲手上。我们一手拿着点心轻轻咬着，一手在下边接着掉下来的渣，眼睛全都笑眯眯的。小屋里的灯发出轻柔的橘黄色的光，使五个人的脸上都有了生动的光泽。我们互相望着，笑着。大大小小的影子在灰暗的墙上交织成一幅画。

现在母亲的头发变白了，牙齿掉了。老姨从北京带来的稻香村点心，她也吃不动了。但她会留着等我们回来，挑选出一块块花样繁多的点心让我们吃，让给孩子们带回去。老屋老了，村庄的河水也干涸得如同老人枯了的眼底。母亲站在老屋前一次次地送别我们。虽然根还在，可我们却如同大树上的小鸟都飞走了，只剩下了在风中落寞的鸟巢。

天气晴朗，母亲躬身四处寻找着野菜。一场细雨将大地滋润得如同用牛乳洗过一般。遍地金黄的蒲公英，开着白色小花的荠菜，一挤冒出白浆汁的苦妈子，一时叫人眼花缭乱。也许是从小吃惯了的缘故，我们对曲曲菜情有独钟。这些野菜生长在盐碱地里，长着锯齿一般的细长的叶子，颜色青翠，叶子中间是暗红色的脉络，随手抓起一把塞进嘴里，一丝略带苦涩的清香便在口中弥漫开来。母亲采来野菜，择干净，放进冰箱，等我们回来吃。有一次我回去时，正赶上母亲早早地出去采野菜了。我赶到田里找到她时，她已经采了两大把了，上面都带着露水。母亲拿着小铲，顶着灰白的头发，弯着腰仔细地辨认着。母亲说原先成片成片的曲曲菜现在少了，不好采了。说话时我发现母亲走路一瘸一拐，摇摇摆摆得像风中的一片树叶。最近她右腿疼，走起路来不方便，我看得很是心疼。母亲却不在意地说："吃的时候要先在清水里泡泡，生发一会儿就可以了。"曲曲菜无论是蘸酱吃还是拌豆腐吃，都好吃。她还说："晒干了泡着喝，还能降血脂呢。"回来我照母亲说的做，青翠的大叶子在清水里伸展开，一片一片十分鲜嫩。我吃到那份浓浓的苦时，就不禁想起母亲。她多像这曲曲菜啊，扎根在贫瘠的土壤中，吸收的是又苦又咸的水分，却仍然生得青翠、舒展、不屈不挠。塞一把大口地嚼着，不知不觉一丝丝的甜便漫过心头。是啊，一个从盐碱地里走出来的人，曲曲菜的苦已不只是肠胃里的记忆，而是早已流淌在血管里。有这些苦味垫底，在生活里经历挣扎、努力、失败和坚持后，还有什么苦不能忍受？

"三儿回来啦。这是老闺女给买的鞋。老闺女给照的。老闺女、老闺女……"母亲喜欢对来人说，一遍又一遍。我多希望永远有妈可以叫，多希望永远在第一时间把喜讯告诉妈。孩子的乳名只有在母亲嘴里发出来才最动听。我轻轻地给母亲按摩，轻揉着她干枯的手，听着母亲熟悉的呼吸声，感到内心春风吹过般的舒畅。母亲安详地闭着眼，午后的阳光均匀地洒在她满是皱纹的脸上。

桥下，春水荡漾；空中，杨絮飘飞。一棵棵高大的白杨树，一如当年我们的母亲啊。它们总是远远地望着。那如云朵般飘飞的花絮是母亲们最深情的呼唤，是四月的天空撒落人间的爱。

母亲啊母亲，你就是那四月的天空，有美丽的白云、干净的风和清新的空气，永远带给我最温暖而舒适的阳光，最甜蜜而亲切的记忆。

我的老父亲

马俊茹

谁没有老父亲？

这个周末，老父亲给我打了三个电话。他是在无意中听到我跟母亲说烦心事后打来的。第一个电话是在晚上九点，我和母亲刚通完电话。他说："教育孩子就跟种黄瓜一样，该浇水浇水，该爬架爬架，强求不得。"他还跟我讲马云考了三次大学，有一次数学只考了13分，关键是要发挥孩子特长。第二个电话是在第二天中午。父亲问我想通了没有。第三个电话是下午，他又用手机打来说："啥时候回来告诉我，我给你摘黄瓜，土豆也收了不少。"

我放下电话，眼泪如小溪一样奔涌出来，怎么也止不住。老父亲耳朵不好使了，平时电话即使他接了，也立刻给母亲。不知这次他是怎样听到了我们的谈话。

老父亲啊，一定是一夜无眠。

老父亲常常能捕捉到生活中的细节。他说北院子里有五只花喜鹊，也是一家五口。虽然大喜鹊破坏了他刚种的花生，他但毫不在意。他说："可不能伤害它们，它们都是有灵性的小东西哩。你哥说他们单位老于惹了一只喜鹊，老于去赶集，大喜鹊还追过去在后面啄他呢。这一家五口在咱们这儿挺长时间了，多像咱们一家啊。"老父亲无限爱怜地望着那五只花喜鹊，一望就是半天。这五个小东西也一定带给老父亲许多温馨的回忆吧。

那时我们一家五口不也是这样形影不离吗？老父亲就是我们的天。他像大喜鹊一样四处奔劳为我们找食吃，辛辛苦苦把我们养大后，我们都飞走了。也许他现在宁愿我们还像小时候那样，在冬夜里听他讲《聊斋》的故事吧？

老父亲还说前院有两只麻雀。每次他给太阳能热水器上好水之后，一只麻雀放哨，一只麻雀则放心大胆地去喝水管里滴落的水。他就那样悄悄地注视着它们。

老父亲和老母亲住在空空荡荡的大院子里，进进出出的人就只有他们两个。他们也像这对老麻雀一般互相守候着，不离不弃，哪儿都不想去。

因为这里是他们的家。

这里有他们住了多年的老屋，种了一辈子的土地和年龄不相上下的老榆树。离不得，走不开。老父亲用大手摩挲掉一头蒜上的土。它们瓣瓣紧抱，一副难舍难分的样子。老父亲说他在南北两个大院里都种上了应季的菜，要啥有啥，想吃啥我们就回来，保证我们吃着新鲜放心！老母亲说："菜上生了小虫，都是你爸我俩顶着阳光戴着老花镜一个个去捉的。"

"梨花开了，再不回来看就该谢了；樱桃红了，再不摘下场雨就糟蹋了；莴苣菜长得水嫩，放冰箱了，再搁两天就不好吃了……"各种蔬菜水果长熟了，也是老父亲呼唤儿女归来的深情的话语。老父亲望着那一棵棵蔬菜，喃喃自语。宽大的绿叶在风中舒展，像是孩子浑圆的手臂一样，将要缠住他所依恋的大人。它们在风中欢欣地舞蹈，也只有它们能耐心地听老父亲一遍遍的念叨。老父亲像是照顾自己的儿女一般照顾这些菜，轻轻掸去这片叶上的灰尘，给那棵不太壮实的菜培点土，再给刚栽种的小苗浇点水。他像做功课一样，习惯了每天默默地陪伴它们。

老屋像鸟巢一样，时刻期盼着小鸟回巢。似乎时间并没有走远，老父亲还是我们心目中的老父亲。他的爱始终像天使的翅膀一样守护着我们。不敢想象如果有一天，这份爱像断线的风筝一样飘散，我们该何去何从？

一年又一年，老父亲像笨重的时钟一样缓慢地走完他的生命。他的每一声呼唤，每一个眼神，每一次守望，都像年轮一样深深地刻在我们回忆的转盘上。

家在哪里？父母在的地方即是家。爱在，家就在。

日落月升，满天的星斗闪烁如眸。乡下的夜啊，宁静而安详。风轻柔地吹着，请将美梦送给院子里两个白发苍苍的老人。正因有他们，我们的一切努力才有意义。

老父亲，你多像一首歌谣，永远传唱在儿女的心中。

"家兄酷似老父亲，一对沉默寡言人"。老父亲，你是我们希望的田野。

妈，请牵着我们的手回家

王国民

　　关于母亲是怎么来到这个家的，有两种说法。父亲的说法是：那年他只身一人跑到深圳打工。刚下火车，行李就被人抢了。苦于无奈，父亲只好到处求人，可人们纷纷投来鄙视的目光。快到晚上时，父亲突然听到一个轻柔的声音："大哥，我跟你很久了，饿了吧？"父亲转头看见了一张羞涩的脸，他老实地点点头。女人便把他领进一个小馆子。三个馒头，一碗冬瓜汤，父亲却吃得津津有味。经过交谈得知，女人所在的单位需要一名搬运工，父亲便跟着她去了。第二年父亲就把女人带回了家。可二舅的说法是：父亲那年打工回来，在家门口遇到了一个迷路的女人跟他借路费。父亲见她可怜，便把身上的钱全给她了。谁知女人第二天又回来了，说她不想回去，钱没赚到反倒把行李给丢了，觉得很丢脸。女人问父亲能不能帮她介绍份工作。父亲答应了，女人便暂时在家里住下。后来她就成了父亲的妻子。

　　不管哪种说法是真的，而且即使我们兄妹三人是母亲亲生的，但我们都很讨厌母亲。我不知道这是不是由于我的缘故。

　　听哥哥说，我生下来就体弱多病。一岁那年，我还差点死在医院。当父亲抱着奄奄一息的我回家时，母亲就和父亲商量："把孩子扔了吧，家里本来就穷得揭不开锅了，还多一个累赘。"

六岁时，我得知这件事后就再也没有理过母亲。不管她找我说什么，我都保持沉默。除了恨她，我还讨厌她身上的味道。那年，父亲和母亲承包了十亩鱼塘。母亲整天在外忙碌，又是往塘里灌粪，又是下水捕鱼，浑身上下又臭又腥。孩子们远远看见，扭头就跑。只剩下一脸发愣的我，走也不是，留也不是。

我十二岁的时候，去二舅娘所在的学校念书。一次，我正和同学们玩耍，有个同学跑过来大声说："咳，你家人来看你啦。在外面等你呢。"远远地，有个人向我招手，我的心一下子悬了起来，那是母亲。我很不想她来，我也多次告诉她，不要来学校找我，我丢不起人。这时同学们凑过来说："那个穿破衣服的丑女人是谁啊？你妈？""不是。"我立即否认。想了想，又补充道："我家新来的一个用人。"我硬着头皮走过去，几个好事的同学跟着我。到了外面，母亲连忙递过来一个保温瓶："你爸让我捎过来的，是我亲手做的腊鱼、腊肉。你尝尝，也让你同学尝尝。想家了就回去看看。"母亲说着，身上飘过来一股难闻的味道。几个同学捏着鼻子，远远地议论着："看起来不像他家用人，倒像他妈。"母亲听了，只是温柔地看了我一眼，然后一拐一拐地走了。

后来我才知道，邻居家失火，母亲前去救火时，被塌下来的房梁压伤了腿。但这些并不能改变我对母亲的看法。在我心里，母亲是个罪人。我瞧不起她。

二姐读高三时，大哥在读大学，一家三个孩子都需要钱。这让本来就很拮据的家更是捉襟见肘。而父亲和母亲只好回到城里，租了个门面做生意。但生意并不太好，母亲很多时候都闲得没事情做。后来在一个朋友指引下，母亲去剪辣椒蒂，一个一分钱，一天下来也有二十多块的收入。

二姐每个月会回来一次，每次都会要钱。那时，母亲早已老态龙钟，看起来不止四十岁。二舅说都是操劳过度的原因。现在回想起来确实如此。在我的记忆里，母亲每天白天在外面忙，晚上在家里忙。基本上都是十一点才睡，第二天五点多就起来了。再坚固的机器也会出问题，何况是人。

有次二姐回来后问父亲要一百块钱。父亲一下子就火了："你要这么多钱干吗？"二姐说："班上要组织春游，我还没出过远门，想去看看。"父亲说："家里连买米的钱都是借的，哪有钱给你！"二姐也不知哪里来的胆子，大声顶撞说："没有钱买米，那你还抽什么烟？"父亲气得当场给了她一巴掌，二姐转头就跑，母亲想去追，还在气头上的父亲说："由她去吧！"

我知道抽烟是父亲唯一的嗜好。半夜醒来，我就常常看见父亲躺在床上，并有一股一股的香烟味浸润在夜色之中。那晚父亲失眠，靠吸烟来缓解内心的压力。

晚上，我正要睡觉，忽然听到父母在外面小声地说话。我爬起来，贴着门缝听。父亲说："钱借到了么？"母亲说："借到了。"父亲叹了口气："柔柔，你不要骗我，你又去卖血了吧？我早知道你会这样。都怪我没能力……"母亲哭了："是我欠他们的，我没有尽到一个母亲的责任。""你没有欠他们什么！"父亲提高了声音，似乎怕影响我们休息，马上又压低了声音，"反而是他们欠了你太多。"父亲不说话了，一个劲抽着那劣质的香烟。好长一段时间后，父亲说："你明天把钱给女儿送过去吧。"母亲说："不了，上次去君儿学校，就让她很尴尬，还是你去吧，我们家女儿自尊心强，她觉得丢人。"我躲在门后，什么也没有说，只是泪水悄悄地迷糊了我的双眼。第二天早上，我很早就去找母亲："把钱给我吧，我去给姐。"母亲既惊讶又兴奋，这么多年，我还从没有主动帮过她。母亲颤颤地把几张十块的人民币递给我时，想起这些钱上流淌的全是母亲的血，我终于忍不住号啕大哭起来："妈，我知道错了，请你原谅我。"母亲显得比我还激动，从我六岁到十五岁的九年时间里，这是我第一次喊妈。母亲紧紧把我抱在怀里，我们哭成了泪人。

二姐去了北京的一所高校念书。大一寒假时，她要父亲第二天早晨五点来车站接她。那天晚上，母亲显得最激动。凌晨三点的时候，母亲就早早起床了。我和母亲匆匆吃了早饭，就往外赶。外面正下着雪，我才走了两步，脸就被冻红了，母亲说："孩子，我把围巾给你。"母亲说着就要解。我望着母亲那花白的头发和瘦弱的身体说："妈，我不冷。"到了火车站，等了半个小时，火车来了。二姐走下火车，看见母亲和我，意外地怔住了。母亲跑上来，连忙把外套给二姐披上："外头冷，别冻坏了。"又把围巾给二姐围上。母亲说："饿了吧，我给你做了你最喜欢吃的煲仔饭。"大家找了个地方坐下来。我把煲仔饭取出来给二姐，二姐一边吃，母亲就一边唠叨："家里人都还挺好的，就是你外公得了风湿，走路有些不便。但总体来说这一年还不错，你爸做批发生意，赚了不少。你哥也经常寄钱过来，你在学校该花的就花，不要心疼。"母亲还说："回了家就好好休息，要吃什么尽管说……"也许母亲太兴奋了，只顾着说，全然没有注意到二姐的眼泪一滴一滴地掉在饭里。

在我们三兄妹中，最有出息的就是大哥。他研究生毕业后，回到当地的一家外企单位做了个主任。大哥很忙，基本上半年都难得回家一趟。有一次，他回家说："爸，装个电话吧，有什么事情也好联系。"

母亲笑了，从里屋拿出来一双鞋子说："我给你做的。你看看合脚不？我知道你钱多，可这毕竟是我的一片心意。"那个时候，母亲迷上了针线活，每天晚上就在房间里忙碌着。这么多年，母亲一直都不愿意闲下来，仿佛忙就是她生命的一切。

大哥把鞋穿上，刚好合脚。出门的时候，大哥突然说："妈，事情都过去那么多年了，你就不要放在心上了。这些年，你为这个家所操的心，所受的苦，大家心里都清楚。"母亲没有说话，却迅速背过身，手在脸上抹了一下又一下。我在房间里看着这一切，我知道母亲这么多年来等的就是这句话。这十几年来，她一直都觉得自己有愧于我们。其实应该说亏欠的是我们。

但奇怪的是，电话装好之后，大哥从没接到家里打过来的任何电话，有的只是偶尔的一个骚扰电话。后来父亲告诉我，那是母亲在想他，但又舍不得让他花钱。因为大哥的卡是神州行的，接和打都是六毛。母亲一聊起来，没有半个小时是舍不得挂的，所以她只好忍着不打。后来我和二姐都参加工作后，也会经常接到母亲打来的"骚扰电话"，这似乎成了我家独有的一种现象。

有次大哥出差回来，刚到公司就听见值班人员说母亲在办公室等他。一见面母亲就抢着说："怎么你的手机停机了？我放心不下，就过来看看你。"大哥这才想起没有去充话费。后来，我们兄妹三人都不敢让自己的手机欠费，而且二十四小时开机，为的就是等母亲一声独特的问候。

有一段时间，母亲突然不再骚扰我们。我急了，问大哥二姐，他们也说没有接到母亲的电话。打回家也没有人接，我立刻请了假，风尘仆仆地赶回家才知道母亲病了。

母亲躺在医院里，我们三人就围在母亲的病榻边，四双手紧紧地握着。父亲说："你妈就是太操劳了，犯下很多的病，什么高血压、脑动脉硬化都来欺负她。"母亲笑了："我不操劳，谁来养活我呀？"大哥急了："不是还有我们么？"接着我们兄妹三人就商量，不管有多忙，一周都必须回家一趟。当然我们还有个约定，那就是等母亲出院了，我们一起牵着她的手回家！

下辈子，不要做漂亮女人

父亲打来电话让你回家过年，可你却躲得远远的。姐，父亲已经原谅你了，你又何苦为难自己？

你说你会认真考虑你的婚姻。听说很多人在追求你。"这一回，我都拿她没法了。"母亲把头侧过去，我看不到她的表情。可我知道全家人都在为你担心。"姐姐在外面还有那么大的魅力吗？"我忍不住问。"是啊，我倒是希望她没人爱，省得担心她。"母亲长长叹了口气，我分明听出了她心里的无奈。

从母亲那里回来，我一路想的是你。想起你这么多年来对我的照顾，想起你从小到大对自己的诺言。我真的很想知道，经历了那么多风风雨雨的你，是否还能像你梦想的那样快乐而幸福地活着？

1

从小我知道你就不属于小城市。那时家穷，可你嚷着要读书。因为你知道你的梦在远方。你常跟我说："你知道北京吗？你想去那

060

吗？如果想就请伸出手，掌握住自己的命运。"一直以来你都在为之奋斗。

从我懂事开始，听到关于你的称呼就只有两个字：美女。只要你一出现，旁边的人就立刻围成了堆。清晨，有人早早在路口等待你；下午，你还没下课，就有人在你教室门前排起了长龙。你总是对他们爱答不理，他们都说你是骄傲而冷漠的凤凰。为了能博得你的一句赞美，很多男生不惜排队两个小时为你买份吃的。我知道你的心思都扑在学习上，那些粗鲁又不求上进的男孩又怎能与貌若天仙的你相匹配呢？

可是从高中开始你的成绩就一直下滑，从班上第一名滑落到倒数第六名。你开始着急了，有段时间你回来得很早，吃完饭就跑到小房间里看书。可好景不长，你又坚持不住了。父亲说了你好多次，你不听。终于他忍不住去找你班主任，回来后他就一脸铁青地站在门口不说话。你大气也不敢出地跪在地上，说你知道错了，不敢再逃课了。

那是你头一次给父亲下跪请求原谅，我永远记得。而父亲从没如此恼怒过。晚上，你偷偷跑过来说你睡不着。你说的时候眼睛望着窗外，明亮而有神。你问我知道你为什么逃课吗？你脸上洋溢着微笑说："因为我恋爱了。"

那时，从你的微笑中我以为爱情是个好东西。很多年以后我才明白，这种爱情很痛苦。

2

你恋爱了，也开始学会打扮自己了，你的书包里堆放最多的就是化妆品。"你还小，等你长大了就知道它的魅力了。"你一边点着唇膏，一边轻轻告诉我。

父亲出远门后，你才敢让那个高高瘦瘦的男孩子进屋来。你们一起做饭，你最喜欢他炒的番茄炒蛋，你说甜到心里去了。天热，你就站在旁边给他扇风，甚至躲在他怀抱里撒娇，小鸟依人般，那么幸福和安逸。

你常说这就是你想要的生活。打牌时你们总是让着我，出去玩好吃的也先给我。有次我发高烧，整整两天两夜你们都陪在我的床边，寸步不离。我不解，常问你原因。你摸着我的脑袋说："傻弟弟，谁叫我是姐呢？我不心疼你，谁心疼？"因为这句话，我感动得热泪盈眶。那个时候我暗暗发誓：姐，我要一辈子保护你。

你说你不是一个贪慕虚荣的人，只因为他对你好你才义无反顾。我问你："你打算和他过一辈子吗？"你抬头笑着，眼里却有掩饰不住的落寞。

可你终究没有想到，父亲会回来得那么早。那时你正在门后和他亲热，父亲提了把菜刀进来。他吓跑了，而你面色苍白地坐在地上。

父亲头一次打了你，那年你十六岁。父亲让你转学，你死活不肯。之后的三个月内，你们为此经常发生争执。父亲的脾气变得越来越坏，而你也渐渐失去了往日的快乐。有天晚上，你突然放下碗筷，冒出一句："这还像个家吗？"说完你就冲了出去。父亲怕你出事让我跟着你。你说你待不下去了。"你要去哪？"我问。"北京。"接着你补充，"他有个亲戚在那，我们商量好了，一起去投奔他。""你舍得离开爸爸吗？其实他挺爱你的。"我听见你长长叹了口气，默默朝前走。那个晚上，我们一直聊北京，聊你的梦想。

早上，你对父亲说你同意转校。我知道你说的是假话，可我不忍心拆穿你，我含泪跟着你，一直到你登上火车。那天是我第一次逃学。

我以为从此你能过上自己想要的生活。才到郑州，你突然打电话回来说你们在车上被人抢劫了，他也受了重伤，正在医院里抢救。你说让父亲接电话，你说对不起他，可他还没听完，就跑去火车站接你回来。

你继续着你的学业，这次出去后你成熟了很多，你开始挤出时间来看书。只是你的身边，依然围绕着俊男帅哥。我也不知道你谈过多少次恋爱，但让男的随时都能围绕在身边的你使学校里的其他女生自叹不如。

3

高考完你以一分之差落榜。父亲想让你再考一年，你说你考不卜，不想再丢人了。父亲也没怎么说你，也许他也明白：你长大了，自己的事情要自己拿主意。我还听说一个有钱人看上了你，他愿意给你推荐高薪工作，前提条件是你答应做他的情人。你想也不想就拒绝了。他还来过家里几次，你每次都让我出去说你不在家。那段时间，我听见你嘴里嚷得最多的是：别以为有几个臭钱就了不起，想让别人怎样就怎样。

后来没事的时候我就逗你："要是你当初答应了他，现在就是千万富婆了。"你头也不回："你看我是那种没品位的人么？要花也得花自己赚的，当二奶，那多窝囊啊。"

其实，你也知道凭自己的相貌找份轻松的工作并不难。你才去人才市场一次，想招聘你的单位就不下十余家。最终你选了家保险公司做文职工作。再一个月后，就传出了你恋爱的消息。近水楼台先得月，那个招聘你的总经理成了你的男朋友。你们开始同居，过着小两口的日子。

听说他对你很好。我去过你那一次，那时他刚出差回来，你说想吃基围虾，他愣都没愣一下就往外面跑。一个小时后，他端着满满两个盒子，满头大汗地出现在你面前。

谁都以为你会收心好好过日子，可没想到三个月后你突然失踪了，任他怎么找也找不到。

后来才知道那个男孩回来了，你们见了一面，你就跟他跑到了上海。可你只待了一个月就回来了，你说你不习惯那里的菜，你待不下去。"那他呢，你打算和他过一辈子？"我问。其实之前你的每段恋情我都知道。你总是淡淡地说："我还没耍够呢，怎能白白浪费这副漂亮的皮囊啊。"可没想到这次你认真了。也许你是真的喜欢他吧。可父亲不同意，理由是他是个没出息的人，你跟着这样的混混是没有好日子的。父亲说得也对，婚姻毕竟不等同于爱情，柴米油盐一来，什么浪漫都抵不过现实。

你又外出了。这次你南下广州。父亲劝不过你只是丢下一句话："如果你真的打算跟一个混混过，就当我没养你这个女儿。"

那一夜你哭了，在我的记忆里你从没掉过泪。

4

你说你怀了他的孩子，快做妈妈了。那时我也恋爱了。你问爸爸怎么样了，我说他脾气越来越差，烟量也越来越大，我都不敢惹他。你本以为等孩子出生了，父亲想不同意都没办法。只是你终究没有想到，你的男人在外借高利贷，追债的冲进屋子带走了所有值钱的东西。你去求饶被使劲一推，撞到了墙上。

你躺进了医院，孩子父亲闻讯赶来，医生从抢救室出来问保孩子还是大人，那个负心男人居然想保孩子，被父亲狠狠训斥了一顿。

平安归来后，你没再和他联系。你说他也算是个男人，不过他的绝情寡意，让你们的爱情最终走到了尽头。

你开始频繁地出现在公众场合，身边很快云集了很多男孩子。你闪婚了，对方是个高大帅气的男子，家里也有些产业。

你们在市里开了个茶馆，生意一直很好。他也很爱你，只是他的脾气很差，动不动就打人。

2007年玫瑰盛开的季节，你们再一次因琐事吵架。他动了手，于是你毅然决定回家，他就在后面追。那一天雨很大，他跪在你面前请求你的原谅。他说他不能失去你，可正因为这样，他才对你猜忌和怀疑。你说你都不知道这是第几回了，你每次都想离，可你每次都心软。

三个月后，我去你家做客。正好遇着他发酒疯想打你。我想都不想冲了过去，被他用凳子砸倒在地。

住院一个月期间，你坚持一个人照顾我，父母拗不过只好作罢。可我毕竟是个男人，出院前我不再用尿盆，坚持要去厕所。我试着站起来，可身体太虚弱，挣扎了几步就吃不消了。你马上过来："姐背你去。"我看了你一眼不再坚持。可我这胖胖的身体又岂是瘦弱的你可以支撑的？很明显你力不从心，一步一步都那么缓慢。好几次我都要你放我下来，你不肯。

从小我就知道你有这么一股不服输的精神。望着你的皱纹和白发，我忽然热泪盈眶。

你把我放下来，转身才发现我一脸泪水。你笑了："傻弟弟，不就是背了你几步，用得着这么感动么？"我用手背替你擦着汗，擦着擦着，忍不住大喊一声"姐"将你紧紧抱住。

5

之后，你不再提离婚的事情。你总说一个人的生活很孤单。于是，一个已婚男人顺理成章进入了你的生活。你说你们从没提过结婚，只是偶尔在一起安慰彼此受伤的心灵。你说你都对爱情麻木了，就这么将就过吧。

我不知道姐夫是否知道你的事情。只是每次看见你约会回来，脸上都露出久违的笑容。

父亲对你的做法很生气。也许，在他心里你已成了一个坏女人。之后你们大吵，你再也没回过家。我知道你活得很苦，可你没法自我解脱。想离却离不成，想去追求自己的幸福，心却早已是遍体鳞伤。

离开你家的那天上午，我们在电脑上看小说。我说你就像一棵漂泊的浮萍，不管怎么努力，都无法找到回家的路。突然你抱住我，号啕大哭。我没阻止，也许只有这样，你才能将心头的哀怨全都发泄出来。也许等伤口结疤后，你就能找到回家的路。

有时候做个普通的人会更好，至少没有幻想，人才会老老实实地寻找自己的幸福。都说红颜薄命，你却一直都不肯认输。我想终究有一天，豁达的你会走出困束自己的牢。我这做弟弟的没什么本事，可我会一直待在你的身边，用自己的身体保护你不受别人欺凌。

你想让我将你的故事写出来，慰藉那些和你有相同经历的苦命人。你说这话时望着远方，眼睛明亮如星斗。

我发信息给你："文章完成了，我想问你如果有下辈子，你还愿意做个漂亮女人吗？"你很快回复："我，只是……只是想踏踏实实地过。"我看得泪眼朦胧。此时已经是大年三十，父亲早早地在门口静坐着，等你回来。

　　这一年，你二十七岁。

一幅地图

殷贤华

窗外，一些树叶黄了、枯了，被深秋的凉风一吹就无声地掉在地上。

他从病床上爬起来望了望窗外的世界，脸上带着淡淡的笑意。他轻轻对老伴说："老伴，咱们旅游去吧？我年轻时答应过你的，就一定要实现。你虽然不能走不能看，但我可以背你去呀！"

他小心翼翼地把老伴背在背上。这是他人生中的第一次旅游，他感觉心跳得特别厉害。

他的脚首先踏上了北京的土地。北京是祖国的首都，他曾多次梦见来到北京，这回总算实现了愿望。他觉得只要是中国人，一辈子不去一趟北京，算是白活了。看！这是故宫；看！这是万里长城；看！这是天安门广场。他一路给背上的老伴指点着、讲解着。

接着他的脚又踏上广西的土地。到广西，当然得去桂林、漓江玩。老伴从小喜欢看电影《刘三姐》，这辈子不知道看了多少遍，可以说是百看不厌。每看一次她就为阿牛哥和刘三姐的爱情掉一次眼泪。老伴早就想到刘三姐的故乡桂林去听听山歌，到漓江坐一次顺流而下的竹排。这回梦想终于实现了！

　　他的脚又马不停蹄地踏上海南的土地。到海南主要是为了看海。海，他在电视上见得多了，但真正的海，他从来没有见过。都说海水是咸的，到底有多咸？只有亲自来尝尝才知道。都说海水是蓝色的，到底有多蓝？只有亲自来看看才知道。

　　看够了海，他的脚又踏上山东的土地。这里是老伴的故乡，也是他和老伴相识、相恋的地方，是值得一辈子回忆的地方。他和老伴好多年没有回来过，实在是太想念这里的乡亲们了。告别山东，他背着老伴，又先后到了重庆、西藏、新疆、云南、贵州等等。他几乎游遍了整个中国……

　　他再次回到病床前，感觉如释重负。他小心翼翼地把老伴从背上放下来，捧在手上。他轻轻对老伴说："老伴，我对你的承诺，这回总算兑现了，你还满意吧？如果不满意，马上我就要到你的那个世界与你相见，你责罚我就是啦！"

　　他捧在手上的是一个古朴精致的骨灰盒。因为他多年的抚摸，已经变得温润发亮。他把骨灰盒擦了又擦，不允许上面沾上一粒灰尘。他把骨灰盒重新放回枕边，然后自己躺到病床上去。他感觉呼吸急促，面颊发红，眼睛发光，他知道这是回光返照的征兆。他最后一次看了看地板上那张硕大的中国地图，给自己盖上被子，安详地闭上了眼睛……

　　此刻，在这张铺满半个房间的中国地图上，留下了一串串他踩过的脚印。只用了一炷香时间，他就背着老伴游遍了中国。这张地图，还是两天前一群中学生来敬老院看望他时，他请求一个高个子男生替他找来的。

　　窗外，一些树叶黄了、枯了，被深秋的凉风一吹就无声地掉在地上……

一家人的依赖

殷贤华

一家人都很依赖他。

老母亲依赖他是因为老母亲做了腿部手术后，就再也没有力气站立行走。老母亲想上街，他就会背老母亲四处闲逛。他想给老母亲买个轮椅，老母亲不要，说轮椅冷。他想：自己小时候一直被母亲宠着，现在也该宠一回她老人家了。这样一想，他暖暖一笑：就由着老母亲的性子吧。

妻子依赖他是因为煮饭、买菜、洗衣服、拖地等家务活都是他的。他还给妻子洗澡、洗头、按摩。他黑黑瘦瘦的，而妻子却被养得白白胖胖，身材越来越臃肿。他不嫌弃还暖暖一笑："这是应该的，妻子本来就是娶来疼的嘛。"

女儿依赖她是因为女儿有什么知心话，遇到什么烦心事都愿意跟他讲。他给女儿辅导功课，教女儿写作文，成了女儿的良师益友。他有时候也皱眉：女儿有十万个为什么要他解答，而她自己不愿意开动脑筋，这似乎不好。但他又暖暖一笑："都说女儿是父亲上辈子的情人，就给女儿做主，让女儿少操一份心吧！"

作为家庭唯一的男人，他真的是一家人的依靠，一家人其乐融融。生活发生转变是因为一次家庭体检。

那一阵子，老母亲腿疼、妻子气喘、他头晕、女儿面临高考情绪焦躁，每个人都有看医生的理由。他说："为了全家人的身体健康，咱们到医院开展一次家庭体检吧！"他背着老母亲，妻子牵着女儿，一家人说说笑笑地来到医院。

一周后他到医院拿体检报告单。医生找他谈话，他拿报告单的手微微发抖……

他脸色煞白地回到家，紧急召开体检通报会。

他对老母亲说："医生已下最后通牒，您老人家还不学会自己走路的话，不但会导致腿部肌肉萎缩，还可能导致瘫痪或者更坏的情况，我不能再背您了。"

他对妻子说："医生也给你下了最后通牒，你的身体太过虚胖，心脏负担不起身体，随时都有生命危险。你必须马上减肥，锻炼身体，以后的家务活得由你自己做了。"

一家人吃惊地看着他。他狠狠心，咬咬牙继续说："我现在才明白，过分的宠爱是有害的！为了你们能安心治病，我决定外出三个月！"

一家人面面相觑，这个决定太意外了。女儿惊叫起来："爸爸，我马上要高考了，到时候我报考什么学校呀？""你这么大了，自己做决定！"他板着面孔说。以前女儿问他问题，他总是微笑着回答。女儿无声地哭了。

第二天，他果真消失了。一家人拼命地打他手机，怎么也打不通。

......

　　三个月后，老母亲已经能拄着拐杖自个儿慢慢走路；妻子的手虽然比以前粗糙了许多，但人更加健康，不再虚胖；女儿高考很理想，考上了理想的大学……一家人欢欣鼓舞，忙给他打电话，电话通了，他的声音很柔软："现在，你们可以到肿瘤医院来看我了！"

　　一家人急匆匆地来到医院。他取下帽子，露出光头。阳光透过窗台照射到他脸上，发出迷离的光。他像以前那样暖暖一笑："手术很成功，化疗很顺利……"

梦里香甜柚子糖

汪　洋

　　我总是期待柚子成熟的季节快些来到。并不是因为我特别爱吃柚子，而是因为在柚子成熟的季节，我会反复地做同一个梦，梦里有母亲忙碌的身影，还有她熬制的柚子糖的香甜味道。我喜欢这个梦。

　　记忆里，在每年柚子成熟的季节母亲都很喜欢做一件事情——四处收集柚子皮。母亲这个与众不同的嗜好，自我记事起便开始有了。

　　母亲对柚子皮的喜爱自然有她的理由。每年秋冬，在寒冷的侵袭下人最容易感冒。为应对这种情况，母亲把收集来的柚子皮去掉表层，将残余的瓤切碎置于锅中，加上水和适量冰糖进行熬制。三小时左右，柚子皮会熟烂，水分彻底挥发。在熬制时，为了不让黏稠的柚子皮汁糊锅，母亲手握锅铲不停地搅拌。每次下来，母亲都累得满头大汗。熬制好的糊状柚子糖（我们家专用称谓），被母亲装进一个好看的青花瓷罐里。一旦家中有人感冒，她就会用汤匙舀出黏稠的柚子糖，让其吃下去。吃上多次，感冒会奇迹般好转。

　　那个青花瓷罐密封很好，柚子糖保存较久。青花瓷罐是我幼时最喜欢的东西。我总是渴望感冒，只要感冒就能吃到柚子糖。柚子糖带有一些柚子皮的涩味，更多的是冰糖的甜味。我觉得那是人世间最美好的味道。每每鼻塞打喷嚏时，我都会眼巴巴地望着母亲说："给我吃点柚子糖吧！"

母亲用温暖的手轻轻地拍了一下我的脑袋，而后一边打开青花瓷罐一边说："小馋猫，快吃下去，很快就好了。"我像三天没吃饭一样，将汤匙整个塞进嘴里，将里面的柚子糖吃个一干二净。母亲拿走汤匙时，我的舌头还不甘心地在上面拼命舔舐，汤匙瞬间变得闪闪发光。母亲嗔怪道："小馋猫，哪有感冒的样子？"

吃着柚子糖，我慢慢明白了母亲熬制它的真正原因。一点小感冒就去医院，光父亲那点工资，肯定应付不了。母亲打听到柚子皮可以治感冒的这个偏方，在多次证实的确有效后如获至宝。自此，母亲有了收集柚子皮的嗜好。

我们姐弟几人长大后，家里经济条件有了较大改观。适当的医疗费已不再是问题，但母亲的嗜好并没变。她觉得能不去医院尽量不要去，花钱事小，吃药事大，是药三分毒，而她熬制的柚子糖是没有毒的。我们都很尊重母亲，但不想她像原来那样四处收集柚子皮。因此每年柚子成熟的时候，我们家吃得最多的水果就是柚子。

时间流逝，母亲已经七十岁了。我发现她最近熬制柚子糖时，两三个小时搅拌下来总是疲惫不堪。我看不过，上前去帮她，但也觉得这样很麻烦，便忍不住道："感冒买点药就成，不必每年劳心费神地熬制柚子糖。"

母亲固执地说："药有什么好？是药三分毒，病好了毒却跑到身体里了。难道你忘记小时候贪吃柚子糖的事情了？"

母亲的抗议我无法反驳。但我不想母亲如此疲惫，决定想个办法让她自愿放弃熬制柚子糖。用什么办法呢？那就找一种柚子糖的替代品。要想母亲认同，替代品不仅要效果好，还要无副作用。通过网络搜索，我发现了一款泡水喝的原生态植物产品，对治疗感冒咳嗽有不错的效果。

看到还在坚持收集柚子皮的母亲，我赶紧下单购买那款产品。在我收到快递时，母亲脸上露出了不屑："就算这个不是药，能比过我的柚子糖？你就糊弄我吧。"母亲的坚持让我知道唯有事实才能说服她。

收到产品几天后，父亲流汗脱衣服时受凉感冒了。这时母亲的柚子糖还没熬制出来，去年的也已经用完了。在母亲捣弄柚子糖时，我将买来的产品切片泡水，让父亲服了下去。连喝两次后，父亲的感冒全好了。

事实摆在眼前，一贯固执的母亲不得不佩服那款神奇的产品。她失落地摇摇头："唉！看来柚子糖真的是落后了！"

母亲落寞的眼神让我不忍就这样抹杀了她的嗜好，我鼓励母亲道："柚子糖很好啊！那是我小时候最喜欢的零食。要不你想弄就弄吧？我拿来泡水喝。"

半晌，正擦拭青花瓷罐的母亲才俏皮地说："娃儿，你当妈妈傻啊？有现成的东西，我还劳心费神熬什么柚子糖。不弄了，再也不弄了。"

望着被擦拭得焕然一新的青花瓷罐，一股香甜之味突然从记忆深处跑出来，钻进我的嘴里，在舌尖缓缓萦绕，久久不愿离去。

母亲或许不知道，其实我对柚子糖的喜欢已经深入骨髓。但我没有告诉母亲。因为她一旦知道了，受到鼓励肯定会继续不辞劳苦地熬制柚子糖。我不想苍老的母亲再那么辛苦，那会让我感到心痛。

在想念母亲熬制的柚子糖时，就让我走进梦里吧。在梦里，我可以肆无忌惮地让柚子糖香甜的味道将我整个人淹没。

拾荒的母亲

王树军

在那枚渐黄的落叶从窗外飘过的瞬间，临子知道这是到了这座城市季节交替的时间。这个时候临子有了出去走走的想法。于是他默默地走出了家门。

这是一条通往他老家的路，临子心情不好的时候就喜欢到这里走走。一年前，他就是从这条路上骑着自行车带娘来到城里的。那时的他是多么的意气风发。可带着娘来到城里一年多了，日子始终过得捉襟见肘。临子的家在离县城几十里远的农村。他爹在世的时候，一家其乐融融，好不幸福。他爹是个买卖人，一年四季赶集卖小商品。虽然赚不了大钱，但家境还算殷实。可天有不测风云，他的爹娘在赶集的途中出了车祸，他爹当场毙命，他娘失去了一条腿。

那时，临子刚大学毕业就把娘从农村接了出来。刚开始日子还是一帆风顺的，他在一家网络公司上班，收入很稳定。可好景不长，公司老总因为投资房地产失败，把网络公司也赔了进去，临子不得不下岗。他在人才市场转悠了几个星期，都没有找到合适的工作。为了生计他只好给一家广告公司拉业务。对于他这种没有业务经验的人来说，这项工作没有任何保障。因为没有底薪，他的收入就不稳定，常常忙活一个月一分钱都赚不到。起初，靠着以前的积蓄他们还能维持生活，可渐渐地就入不敷出。临子望着挂着拐杖的娘，感到从未有过的压力。本来让娘来城里享福的，没想到赚钱竟这么难！可为了不让娘操心，他每天还是要装出一副幸福快乐的样子。

临子明白自己就是一株贫瘠土地上的树苗，未来也只能靠自己。所以他要加倍地努力，哪怕从最底层做起。不远处的一个建筑垃圾堆引起了他的注意，里面有很多废弃的钢筋头、铁丝以及钉子，正好可以让他增加收入。于是他随手找寻了起来。

不一会儿，临子就找了十多斤。他放在地上理顺了，用一些铁丝仔细地捆了起来。他估摸了一下，能卖几块钱，这让他很兴奋。同时他也做好了打算，以后就白天跑业务，晚上来这里捡这些东西。虽然辛苦一些，只要赚钱就行。

渐渐地，临子有了经验。他把一块磁铁绑在木棍上，像搜寻地雷的士兵一样，把磁铁往建筑垃圾上一放，那些金属就会自动被吸附在上面。这样省时省力，收获自然也就越来越多。收入增加了，临子对生活也就更加充满了信心。

一次临子跑业务时，看到了堆成山的建筑垃圾。他很兴奋，就围着垃圾堆转悠起来。没有想到的是，当他走到垃圾堆后面的时候，竟然发现他娘在那里用磁铁吸着那些物品。临子喊了声"娘"，快步走过去，扑通一下就跪在了娘的跟前。他娘移动了一下拐杖，说："孩子快起来，你这是干什么？"临子没动，哽咽着说："谁让你来捡这个的？你儿缺你吃了？"他娘说："你虽然不说，我早就知道你晚上来捡这些东西。我知道你自尊心强，也就没有点破。我在家闲着难受，出来也是为了散心。"临子说："你想散心就去公园，以后坚决不能来这里。儿子把你从农村带出来，只能让你吃好喝好，怎么能让你吃苦？"他娘说："这怎么算吃苦？我在农村见了柴火还捡回家呢，这些废铁扔在这里也实在可惜。你快起来。"临子说："不管怎么说，你以后不能再来了，你要不答应我就不起来。"他娘只好答应以后不来了。临子这才站起来，走过去拍了拍他娘身上的尘土。然后一只手提了他娘捡的那些物品，一只手搀着他娘往回走了。

　　路上来来往往的人很多，临子害怕遇到熟人。他提着那些物品，总是不停地东张西望。他娘问："是不是有些不好意思？"临子说："是啊，我为什么晚上出来捡？就是怕碰到熟人。"他娘说："记住这种经历会激励你去开创自己的事业。你是大学生，只要肯动脑筋肯吃苦，一定能有出息的。"临子使劲地点了点头。

猜猜爸爸妈妈的晚餐

张军霞

他们一家有四个孩子，老大老二是男孩，老三老四是女孩。孩子们从小就学习成绩优异，先后考入大学，之后又像长了翅膀的小鸟一样，都在省城安了家。他们纷纷对爸妈说："走呀，跟我们进城去！"老两口却总是摇摇头，谁家也不去，他们熟悉了山村的一草一木，更不想给孩子们添麻烦。

于是孩子们出钱翻修了老家的新房，又安装了电脑和空调。每当爸妈想看看哪个孩子了，就打开电脑，通过视频聊聊天。

孩子们平时回家不多。这次周末恰巧是老爸的生日，他们早就商量好了，要好好庆祝一番。为了给老两口一份惊喜，调皮的老三还出了一个主意：他们分别给爸妈打电话说不能回家，然后再来一个突然袭击。

周末上午，兄妹四个开着一辆车出发了，车上装满了给爸妈买的礼物，他们一路上有说有笑。汽车路过小镇时已经十二点了，距离老家还有十几里的路程。他们停在路边加油时，工作人员却对他们说："你们不能往前走了，昨天晚上这里下了一场暴雨，山上的石头滚落下来把路堵死了。工人们已经开始抢修了，但是要想把路打通至少得花费一天的工夫。"

兄妹几个立刻傻眼了：这可怎么办？老大说："还是往前走走看，万一情形没有这样糟呢？"可是他们走出没多远，就看到前面有好几辆汽车都一动不动地趴在路边。老二跑到前面去探路，过了一会儿他满脸失望地回来："路还被巨石堵着，我们今天真的回不去了。"

娇弱的老四嚷着肚子饿，于是大家在小镇找了家饭馆吃饭。老大说："我们不回去，爸妈一定失望透了！"老二说："没关系，他们本来也以为我们不回去！"老三叹了一口气："难道我们真的回不去吗？今天可是老爸的六十大寿呀！"老四摇摇头："这是天灾，我们也没办法！"

吃完饭已经下午四点了，老大和老二先后跑出去看了好几趟，路还是没有通。下午五点，他们渐渐失去耐心，一个个变得焦虑起来。老大忽然说："我想起来了，有一条小路可以回家。不过那是牧羊人踩出来的路，很窄，只能步行，我们去试试？""步行？那要走一个小时吧，我们还带着这么多东西，太累了！"老三和老四立刻否定了这个建议。

这时老二又说："咱们说好了都不回去，爸妈晚上会做什么饭呢？"老三说："估计他们不会像从前那样烧一大桌子菜，说不定只煮了一锅粥。"老二说："咱们用手机跟爸妈视频一下就知道了。"

老四用手机打开了视频，爸妈很快就出现在了镜头里，她故意撒娇："爸，我今天加班回不去，可是好想吃你和妈做的饭呀，我想看看你们今天晚上吃什么。"爸妈一边笑着骂她馋丫头，一边把摄像头转向了餐桌。

"红烧肉！""糖醋鱼！""山蘑炖小鸡！""红薯面窝头！"兄妹几个悄声议论着，他们都在爸妈的餐桌上找到了自己最喜欢吃的食物。忽然他们都不再说话。又过了一会儿，老大开始默默地从汽车上往下搬东西，其他三个人跟着行动起来。

于是，那天傍晚，在从小镇通往山村的羊肠小路上，出现了一支奇怪的队伍：一群衣着时尚的人，纷纷挽着裤腿，提着大大小小的包裹，缓缓地行走在回家的路上……

第三章

时间呀，可不可以慢慢走

有一种亲情会让你泪流满面

苏　洁

1

她是我幼时最恨的一个人。因为她给我留下的阴影实在太深了！

六岁时，我和哥哥为争夺一个苹果互不相让。就在我刚刚拿到苹果的时候，没想到她从屋里旋风般地冲出来，态度蛮横地抢下我手里的苹果，然后狠狠给了我一记耳光。我捂着发疼的脸颊，怒视着眼前这个凶神恶煞的人大哭起来。于是我开始暗暗地记恨她。

妈妈为了化解我对她的怨恨，给我讲起我刚出生不久的一件小事：那时我几个月大，妈妈每天抱着我坐火车去上班，然后将我送到单位里的托儿所。一天，火车上特别拥挤，包着我的小被子被挤开了，妈妈把我放在火车椅子上准备好好包包被子。谁知偏偏在这时，一个身材健壮而又粗枝大叶的女人一屁股坐在包着我的小被上，我被压得"嗷"地痛哭了一声后，顿时脸色青紫，好半天才缓了过来。回家后她知道了这件事，说什么都要把我留在家里自己照看。其实她已经够累的了，既要操持繁重的家务，还要整日照看我。她这完全是自找麻烦，何况她重男轻女不喜欢我。可她还是全心全意地照看了我三年，直到我上幼儿园。她这么做完全让人想不通。

但不久后我刚刚萌生出对她的那点感激之情，也随着一次意外而彻底地消失了。因为一件事她和妈妈之间发生了一次激烈的争吵。这件事加剧了我内心对她的厌烦。她无比强势和唯我独尊的性格让我们这个原本幸福的家庭没有了欢乐。尽管每次吵架过后她常常后悔，也不止一次说要改改臭脾气，可过后她又忘了。我对她可以说是既怕又烦，她还是我这个世界上最亲的亲人吗？

这次吵架过后妈妈彻底地伤了心，我们一家四口毅然决然从她家里搬出来单过。

我以为从此可以远离她，没想到她还是找上门来了。原来不久后我小学毕业了，老师通知我们每人交 20 元钱照毕业照。那时由于刚刚分家，我家的日子过得很紧张。我不愿意看到父母为难，所以就没对他们说起这件事，也决定不去照毕业照。我的一位同学跑到她家里去找我，她才知道这件事。没有料到的是，她来到我家里，硬往我手里塞了 50 元钱，一向强势的她却卑微得像个孩子。我拒绝了她。她小心翼翼地对我赔着笑脸说："妞，我错了，我检讨。别记恨我，去照相吧。"如此低声下气的她简直像变了一个人。她这是关心我吗？我又想不通了。

2

中学毕业的第一年，我没有顺利考上中专。痛哭之后我决定第二年再考。我所复读的中学就在她家附近。

让我意想不到的是，她主动对我说："妞，上我家来住吧，我来照顾你。"我诧异，她不是一向重男轻女吗？怎么会让我去她那住？她带给我内心的那道阴影隐隐还在。但妈妈劝我："你别记恨她，她始终是你最亲的人。她没读过一天书，性格又暴躁了些，但她一直是疼爱你的。"

在她家生活的一年里，她不但每天照料我的一日三餐，还变着样给我做好吃的，而且连我的衣服都不让我洗。她总爱在我耳边唠唠叨叨："妞，好好学，别像我一样没有文化，让人看不起。将来你要考个好学校，长大有出息……"我听了鼻子不由得一酸，眼泪差点没流出来。看来我误解了她，其实她一直都是关心我的，只不过我的内心一时被什么蒙蔽了。

因为我学的是幼教专业，所以按规定中师毕业只能去幼儿园工作。可我不愿意去幼儿园，想去学校当老师。但这似乎有点难，这要我们这里的局长同意才可以。可是她拍着胸脯对我说："妞，别着急，我给你想办法找工作。"可她只是大字不识一个的家庭妇女，能去找谁呢？

可她执拗地每天出去为我工作的事奔波，没想到她真就把我的工作办成了。原来她找到局长，和人家进行了一番至情至理的交谈，谈起了我爷爷的病，还谈到爷爷一辈子都奋斗在教育前线上，所以我应该顶替爷爷的班当一名老师，完成爷爷没有完成的教育事业……她有理有据的话居然说动了这位领导，我终于如愿进了学校。这件事有她很大的功劳，让我很感激。

3

　　工作后，我结交了男友。但是在婚事上却遭到了她的强烈反对。原因是她希望我找一个家里条件优越的人，她觉得男友家里条件不好我嫁过去会受罪。因为我本身各方面条件都不差，她希望我一生都过得幸福美满。可无论她怎么苦口婆心地劝说我都执意不听。最后一次她气得捶胸顿足，六十多岁的老人了在我面前表现得脆弱无助。她哭得鼻涕一把泪一把，埋怨我太傻，怎么就听不进她的话呢？我何尝不知道她完全是为了我好？这是我与她亲情的对峙中，她生平第一次输给我。可我作为赢的一方却没有感到开心，反而内心如车轮碾过一般有着剧烈的疼痛。

　　婚礼那天，她没有出现在众人面前，尽管她送给了我一份丰厚的陪嫁。不知为何我隐隐地有些失落。但是就在婚车即将启动的时候，在一处角落里我看见了一个非常熟悉的身影，不正是她吗？她一边热切地朝着我这边看，一边悄悄抹眼泪，秋风吹拂着她的满头银发。她还是惦念着我，我的心头涌动着一股如潮水般的感动。

　　日子匆匆而过，婚后一年我剖腹生下了女儿。当我刚从手术台回到病房时，没想到她就拿着亲手为孩子缝制的几床小棉被，风尘仆仆地赶来看我。

　　看见她步履蹒跚地赶来，我"哇"的一声大哭起来。大概是深受她的影响，我觉得生女儿有点委屈。没想到她站在我床边和颜悦色地劝我："妞，哭什么？咱不哭。生个女孩多好！女孩是妈的小棉袄。"

可她越说我哭得越厉害，弄得她眼睛里也满含着泪水。但她用那双满是老茧的大手，悄悄帮我擦去眼角不断流淌的眼泪。难道她重男轻女的思想一下子转变了吗？我想不是的，她只是想好好安慰我，给我亲人般的温暖。曾经冻结在我心头所有的怨恨像春天里的坚冰一样慢慢被融化了。

4

她七十多岁的时候，爷爷的病情加重瘫痪在床。她不顾自己身体整夜整夜地守护着他，给他按摩，喂饭……那阵子她忙得像个陀螺，苍老了许多，连腰也更弯了。多亏了一位有高超针灸技术的医生，让爷爷勉强恢复了身体，能颤颤巍巍地站起来走路。说实在的，爷爷当时能康复也有她不少功劳。但有时她也改不了和爷爷争吵的臭脾气，往往弄得爷爷像个孩子似的痛哭不已。事后她还挺后悔，不停地埋怨自己，她就是改不了了。

去年的正月初六，爷爷突然走了，毫无征兆。当她得知爷爷的死讯后大哭不已，吵着一定一定要在爷爷出殡那天送他。但全家人都不同意。因为我们这里有个风俗，如果夫妻一方死亡，在出殡那天一定要把另一方的手脚用红绳绑上。按照老一辈人的说法是怕另一方也被带到天上去。所以我们极力反对她去给爷爷送行。

但爷爷出殡那天清晨，她一路闹着跑到了殡仪馆。她神色凄凉，满含着泪水说她对不起爷爷，没有照顾好他，让他一定原谅她。那一刻，在她的号啕大哭中，我觉得爷爷在天之灵也能感受到她深深的忏悔。

爷爷走了以后，她彻底地蔫了，像个孤单的小燕一样连楼都不下了。我想不明白，爷爷活着的时候，她几乎是天天和他吵架，爷爷走了以后，她曾经的飞扬跋扈、蛮不讲理不知哪里去了？一夜之间她仿佛变成另外一个人，再也不大着嗓门吵吵了，一个人总是不断地摩挲爷爷留下来的东西伤心难过。

那天，我去她家里看望她，发现她养了一只小鸟。她对我说："妞，你说奇怪不？你爷爷走了没几天，这只鸟就飞到咱家来了，怎么也不走，我一抓就抓住了。"后来她居然像个孩子一样幼稚地问我："妞，你说这只鸟是不是你爷爷变的？他知道我寂寞来陪伴我了。"我简直哭笑不得，真佩服她的超级想象力，居然把爷爷和小鸟都联系起来。我刚想嘲笑她，但一回头发现她神情落寞地看着小鸟发呆，我知道她又在思念爷爷了，这让我非常感动。我紧紧地抱住她，在她耳边对她说："奶奶，别伤心，你还有我。"她眼含着热泪点点头。

这一刻我决定原谅她，以后要百倍地对她好。我的情感世界里不能没有她，她始终是我最亲最亲的亲人。我应该亲切地叫她声"奶奶"，因为在我的亲情里她总是让我泪流满面。

你温暖了我生命的岁月

苏 洁

1

那天阳光明媚，姑父陪着我在院子里玩耍。突然他接到了一个电话，不知为什么整个人一下子呆住了。好半天他才艰难地朝我说："妮，你爸去了。"我漫不经心地问："谁去了？"姑父一时气急，第一次朝我大声嚷道："妮，你亲爸去世了。""什么？是真的吗？"我因一时慌乱变得有些六神无主。姑父凝重地点点头。我的心忽地一下沉了下去，但没哭出来。因为我亲爸在我脑海中的印象已经如此模糊！

在我刚出生8个月的时候，母亲就狠心抛弃了我，离家出走了。从此我亲爸心灰意冷，不负责任地把还在襁褓中的我丢给了姑姑和姑父，然后跑到外地一家煤矿去打工。

其实姑父家也不富裕，因为家中还有一对儿女，日子一直过得挺紧巴的，但对于我的到来他还是欣喜万分。我不曾想到，在我3岁那年，我亲爸突然来到姑父家，要求把我带走。

当时，姑父几乎是条件反射般强硬地说道："不准你带走妮！"当姑姑和我亲爸用惊讶的目光看着他时，他才察觉话有些不妥。他的眼圈突然泛起了红，嗫嚅道："妮还小，让她在俺家再多待几年吧，等她上了学你再接也不迟。"可我亲爸却极力反对："这几年我挣了些钱，是接妮去城里享福的。妮给你们添了不少麻烦，我心里也挺过意不去的。"姑父和姑姑再也不好说什么了。

　　万般无奈，姑父眼泪汪汪地看着亲爸抱走我。可姑夫刚走出去几步我便放声痛哭，然后挥舞着一双肉乎乎的小手眼巴巴地望着他，声嘶力竭道："我不走，快抱我回去！"姑父抑制不住伤心，背过身去悄悄地抹起了眼泪。后来听姑姑谈起：我走后的那天晚上，姑父躺在床上一直唉声叹气，一夜未睡。

　　但第二天他们就听说了一个爆炸性新闻：原来我亲爸狠心把我卖给了邻村一户没有孩子的人家，拿着卖我的5000元钱跑了。

　　姑父和姑姑听后肺差点被气炸，匆匆赶到那户人家，好说歹说人家终于同意让他们抱我回去，但必须退回那5000元钱。姑姑有些犹豫，期期艾艾地对姑夫说："孩他爸，要不等些天凑够钱再说吧？"可姑父却斩钉截铁地说："还等什么等？就是卖血我也要赎回妮。"姑父一狠心立即卖掉了家中唯一值钱的耕牛，这才抱回我。可第二年春种的时候，听说没有耕牛他累得差点吐血。因此村子里的很多人都说姑父太傻了！为了没有血缘的孩子实在犯不上这么做。

2

　　幸福的日子总是那么短暂，在我 15 岁那年，姑姑因为一场车祸撒手人寰。而此时备受打击的姑父伤心欲绝，一夜之间几乎白了头。那晚在安葬完姑姑后，我们都睡下了，他一个人躲在屋子里捧着姑的遗像号啕大哭，并发誓这辈子决不让我们再受一点委屈，也不会再给我们找后妈。

　　这时有人劝姑父：老婆都不在了，应该送走我。要不把我送到亲爸或是叔伯那里，毕竟我们没有一点血缘关系。可姑父却摇着头拒绝了。

　　姑死后的第三年，一个噩耗突然传来，我亲爸死于一场矿难。没想到紧跟着一笔"巨款"从天而降，说这是"巨款"一点也不过分，因为整整有 30 万。这是矿里给我亲爸的抚恤金，按照法律规定应当由我来继承。没想到就是这笔"巨款"引来了一场轩然大波。

　　一天，家里突然来了两个不速之客，原来他们是我这些年从没谋过面的二叔和大伯。我猜不透他们是来做什么的，但让我感到意外的是原来他们这次是想接我走的。可姑父不干了。随后他们为争我的监护权激烈地争吵起来，每个人都争得面红耳赤，但似乎谁也说服不了谁。

　　说起他们很可笑吧，没有那笔"巨款"时，他们不曾想到看看我；现在我有钱了，他们又找上门来，其中的目的不言而喻。

　　可在这时叔伯二人却把姑父告上了法庭，并要求接管我的监护权。

而姑父在这场争夺我的官司中处于下风。因为他的确不具备监护我的权利。姑父不仅和我没有血缘关系，甚至和姑姑都没领过结婚证，也不是合法夫妻。

听村里人说，原来姑姑是姑父的嫂子。当年姑父的哥哥在一双儿女不大时就因病去世了。后来姑父在旁人极力撮合下，也为了照顾哥哥留下的一对儿女，忍痛和恋人分了手，然后毅然和姑生活在了一起，承担起照顾这个家的全部重任。

在法律上姑父想成为我真正的监护人有些说不通，于是为了我的事情他整日四处奔走，鞋不知磨破了几双。那天姑父疲惫不堪地返家，没多久倒在炕上睡着了。我心疼他，悄悄地给他脱掉鞋，发现姑父的脚底却是一个个血淋淋的水泡。我的心为之一颤，眼泪情不自禁地流了下来。

3

没想到一波未平一波又起，村子里又流传出了更加不利于姑父的流言。有人说他收养我的动机不纯。很快流言越传越凶，人们在他背后纷纷指指点点。我知道姑父貌似平静，但是把所有痛苦都埋在了心里。我恨那些制造流言的人，简直太可恶了！为了利益，不惜往姑父身上泼脏水。

我怎么都不会想到，为了打破流言，姑父居然违反了自己的不婚原则，他在一个月之内赶了把时髦——闪婚了。而令所有人大吃一惊的是，新娘是邻村温柔善良的离婚女人，居然大了他整整 12 岁。那天姑父把身着红衣的她带到我面前，微笑着说："妮，这是你的新妈妈，她一定会好好待你的。"我低着头一直沉默不语，但内心却翻江倒海，为姑父感到不值。其实如果不是为了维护我的声誉和清白，他应该能找到个更年轻漂亮的女人。我难过得嘤嘤地哭。姑父慌了，赶紧用一双满是老茧的大手帮我擦眼泪，不安地说："妮，我们又是一个完整的家了，你应该感到开心。"但姑父和我叔伯那场官司还没有结果。

谁知这时突然出现了一个女人，她让这场战争变得白热化！她不是别人，正是我那个离家出走长达十多年的亲妈。在法庭上我第一次看见了她——一个十分漂亮的女人。在看见我的那一刻，她黯淡的眼睛呼的一下亮了起来，眼里满是疼爱。然后她伸出双手，热切地朝着我扑过来，喃喃道："女儿，让妈妈抱抱，这些年想死你了！"我一点心理准备都没有，感觉这个人很陌生，然后我一个灵巧地闪身朝旁边躲开了。她满是期待的眼神瞬间像熄灭的电灯一样黯淡下来，伸出的两只手无力地落了下来，脸上浮现出一副失落的神情。

接着她在法庭上声泪俱下陈述了这些年对我的思念以及愧疚，尽管这些年她是"身不由己"地不能前来看我。因为当初她是被别人拐卖到这里来的，然后又在毫不情愿的情况下嫁给我亲爸，几次想跑都未能如愿，一直挨到我出生，在我 8 个月时，她才抓住一个机会逃跑了。

其实不管她不能来看我的理由多么充分，但我想这些年她哪怕是给我一个最小的安慰，或是一个最简短的电话，都能让我记起有个妈妈，但这些都没有，让我心寒。因此我拒绝认她。我的"狠心"让她终于忍不住放声大哭，似乎要在泪水中找回这十多年对我的亏欠和爱。

后来她又多次带着很多礼物到家里找我，想让我原谅她，无一例外地我都拒绝了。没想到这时姑父做起了我的思想工作："妮，再怎么说她都是你亲妈，你跟着她走我放心，现在她诚心诚意地来接你了，你和她走吧。"

可我却倔强地摇着头说："不，我没有亲妈，在这个世界上我只有你这个爸。"姑父愣了一下，接着感动得老泪纵横。我一头扑进他怀里一个劲地帮他擦眼泪并告诉他：我哪也不去，永远也不会离开他的！

4

就在姑父左右为难的时候，我亲妈却突然改变了主意。因为我冷酷地拒绝了她，她带不走我，居然要和姑父谈判。

谈判的最终结果让所有人感到诧异，这个口口声声说想念我的女人竟提出这样的要求：给她5万元钱，她马上退出这场官司。因为她不能白生我一回，这点钱算是一点补偿。她的话够冷漠，也够耐人寻味！这不仅严重伤害到了我，更令姑父无比气愤。没想到我亲妈也是冲着那笔"巨款"来的。姑父表示不会和她和解，更不会给她一分钱，因为被金钱蒙住了眼睛的她根本不配做我的妈妈。

好在公道自在人心，不久后法院终于做出了公正的判决：姑父是我唯一合法的监护人。其实他除了是我的姑父，也是一直疼爱我的爸。而那笔属于我的"巨款"将有专门部门为我统一保管，让我合理支配。姑父这才露出了久违的笑容。

　　法庭里我们父女紧紧地拥抱在了一起，忍不住喜极而泣……

对兄弟的另一种解读

王国民

1

那个炎热的夏天，我正在教室里给学生上课，忽然门口传来急促的声音："邓老师，找你的，急事！"我的心一震，粉笔掉了下来。我来不及给学生解释，匆匆跑进办公室。我接起电话，听到父亲的声音："富贵，你弟弟的报告已经出来了，比预想的要严重，你要做好思想准备。"我的心一沉。弟弟这些年来已经受了很多苦，我原以为他能从此平平安安的，没想到命运还是如此地捉弄他。

我吸口气尽量使自己平静下来。等父亲说完后，我说："医药费我去筹，你们先瞒着他，能瞒多久是多久，我不想在这节骨眼上出事。"父亲也在电话里长长叹了口气，我能感受到他心中隐藏的辛酸和无奈。

我找了个安静的角落拨通弟弟的电话。响了几分钟他才接，他兴奋地说："哥，你猜我在干什么？我在搬新家呢！我把你送我的那些画都挂上了，可漂亮了！你看了一定会高兴的。"我强装欢笑："那

100

就好，那就好。还没照婚纱照吧？找个有档次的地方，不要担心钱的事，重要的是要弄得体面、大气。"他笑了："哥，你真好。"我强忍眼泪："傻瓜，我就你这么一个弟，我不对你好对谁好？"我怕那不争气的眼泪落下来，飞快说了声拜拜，赶快放下电话。我面对着墙号啕大哭。

我不敢告诉新婚在即的弟弟，他患的是晚期尿毒症。医生说他这种肾源很难找，就是找到了，光换肾的治疗费就不下二十万……

2

我不是他的亲哥。对他来说我一直是个入侵者。

父亲告诉我：他是在一片废墟旁捡到我的，当时的我已经奄奄一息，去了几家医院都被拒收。父亲抱着试试看的心态，带我去郎中那弄了几服草药。也许是命不该绝，半个月后我竟然奇迹般好起来了。算命的说我天庭饱满，幼年饱受灾难，长大后势必大红大紫。父亲也对此深信不疑，于是给我取了个小名：富贵。

我进门的时候，他就坐在摇篮里看着我，一脸的敌意。慢慢地，他能走路了，能说话了，可是我们间的隔阂也越来越深。因为我使他在家倒像个外人。我在家做饭，他直接冲过来，我本能地抓紧锅铲说："你来做什么？"他一脸豪气："我不想被人看不起。"我只好松开手。他一口气端了六个碗。却不想被门槛绊了一下，他整个人趴在地上，碎片溅得到处都是。

101

父母回到家，他就恶人先告状。我从不知道一个人的脸皮能厚到那种地步，明明是他自己逞强，犯了错却推得一干二净。

我没说话，只是默默地扒着饭。我不想把事情弄大。可他越来越恨我。他的话没有可信度。他在家里就只会捣乱。初次见他的人都会笑吟吟地说："你看这孩子，眉清目秀的，将来长大了有福气。"但和他待过的人都会捂着鼻子走开，谁也不愿意惹他。

儿童节那天，父亲说带我们到公园去照相。喊了他半天，都没有人应。我去催他，掀开棉被却发现他一摊烂泥似的瘫在床上，口吐白沫。医生说他是中毒了，经过紧急抢救他才捡回一条命。因为贪吃邻居家的花生，他趁着别人不在的时候偷偷摸进去，却错把涂了老鼠药的花生当成了美味。

我们又拿了几服药。回到家他就静静地躺在床上，不吵也不闹。父亲说："这半个月来，家里难得有这么清闲的日子。"他低着头不敢反驳。

终于可以下床了，父亲让我背着他到处转转。在半路上遇到同学，我说："这是我弟。"没想到他竟从背上滑下来："才不是呢，你是野生的，你不是我哥，我也不是你弟！"

3

他读幼儿园时因为太调皮，半个月内老师就家访了好几回。最后父亲只得带他转了学。五岁时，他开始和同桌打架；六岁时，他用凳子砸破了别人的头；七岁时，他被学校勒令转学；八岁时，为了报复班主任，他竟然尾随班主任，把尿撒在班主任的房门上；九岁时，他再次被学校开出转学的通知……整个小学他读了七年，换了四个学校。每年他都是学校里最不受欢迎的学生，同学们最讨厌的同学。

十三岁时他读初一。因为个子高，每次排座位，他都只有享受坐门旁的"特殊待遇"。其实他也想和那些尖子生一起坐在前面，他跟老师说过他也想进步。只是老师用轻蔑又怪异的眼光看着他，那神情和看外星怪物没什么两样。他的自尊心受到了严重的打击。他开始无休止地逃课，最严重的时候，一周都没有看见他的人影。

开始班主任还会告诉父亲，次数多了也就由他了。有次班主任把我喊过去，当着我的面对他说："来不来上课，都随你！只是如果你因为无聊而进教室的话，我只有一个小小的请求，请不要影响别人。"

十五岁那年，他逃课到河边游泳。突然听到不远处传来小孩喊救命的声音，有人失足落水了。他毫不犹豫地朝事发地游了过去。小孩得救了，电视台的记者也闻到风声过来采访。小孩家长更是赶到学校，把一面鲜红的锦旗送了过来。

学校给他开了个表彰会，他站在三千多人面前乐得手舞足蹈。那是我十七年以来，头一次看见他那么高兴。我突然发现他的个子长得比我还高。只是他的手上、腿上都是伤痕。我的心狠狠痛了一阵，这时我决定要好好引导他。这十多年他走了不少弯路，好不容易折回来，我不能让他再学坏了。虽然他从没喊过我哥，但多年来的相处，已经把我们紧紧扣在一起。一直以来，他都是我生命中最亲的人。

而父亲在接过锦旗的时候，早已热泪盈眶。也许到这个时候，他才明白，跟他血脉相连的儿子，并不是一无是处。从此他不再逃学，成绩也慢慢提上来了。他开始策划自己美好的未来。

　　我读高三时，家里遭受了严重的打击。先是母亲下岗，接着父亲也遇到车祸住进医院。为了给父亲治病，我们已经是家徒四壁，负债累累。他给父亲说，他不想读书了。得知这个消息，我诧异万分。我的弟弟在做这个决定的前一天，还在憧憬着他的大学梦。去问他时，他却一脸平静："我什么时候说过这话？你还不知道吗？我最讨厌的就是读书，现在我一心想的就是赚钱，赚钱！"

　　不论我如何劝说，他都决定不再上学了。很快，在叔叔的引荐下，他来到东莞的一家鞋厂上班，业余时间他还兼职给几家工厂送矿泉水。拿到薪水的第一天，他给父亲打电话："2000元工资，我全寄回家了。爸，这些年我让你操碎了心，我对不起你。但是现在，我——你的儿子要自豪地告诉你，我已经长大了，我不再是一个只懂破坏的蛀虫了。"瘸腿的父亲，站在电话的这头，激动得泪流满面。

　　后来，他嫌工资低，换到工地上做事去了。虽然很累，但工资很高。这样的日子，一直持续到我大三。三年的时间，他被岁月磨炼成一个饱经风霜的男人。大四，我实习的单位就在他的城市。我按照他留的地址去找他。在工地上，他听见我喊他，跑过来紧紧抓着我的手，惊讶而兴奋地说："你什么时候来的？怎么不让我去接你？"

　　我说："我刚来就想过来看看你。这些年你受苦了，想到我一直都在花你的钱，我就觉得羞愧。弟！我对不起你啊。"他的眼泪一下子就来了："哥，你不要说见外的话，都是一家人。说实话，我用了十五年的时间来恨你，到最后我才发现，自从你进门的那刻起我们的命运就捆在了一起，再也无法分离。所以我从不后悔当初做过的那个决定。"

我没说话，抱着他泪流满面。那是他第一次喊我哥。

4

毕业后，我回到自己的城市做了一名光荣的人民教师。他也跟着回来了。他说这二十年来都没和我好好相处过，他不想再离开我了。他的决定让父母很高兴。他们说："富贵，你弟为了这个家受了太多的苦，操了太多的心。今后你要好好照顾他，担起做哥的这个责任。"我连连点头："这是应该的。"

他虽然学历不高，但社会经验丰富。他常说："给别人打工还不如自己当老板。"他这句话念叨了六年，而如今终于成了现实。经过仔细考察调研，他决定在我单位旁边开家卤菜店，他说那样可以天天和我一起吃饭、聊天、睡觉。很快，他有了女朋友，全家人也在为他张罗婚事。我们都以为他已苦尽甘来，没想到不幸还是降临在他身上……

同事和学生都跑了出来，看到我这个坚强的老师跑到墙角边痛哭，他们感到很惊奇。可是我又怎么能控制自己呢？这些年，他为了我，为了这个家，一直都在拼命地透支体力，吃没吃好，睡没睡好。

这一切本应该由我这个大哥来承担，不想，我们却颠倒了位置。

哭过了，也觉得累了。我强装镇定地起身回家和父亲商量起对策来。也许是因为弟弟的善良，也许是被他的故事打动，弟弟的女友并没有离开他，反而答应暂时一起瞒着他。

婚礼如期举行。闪烁的霓虹灯下，这边是一袭燕尾服的他，对面是婀娜多姿的新娘。我端着酒杯望着他，泪水不断地流出来。仿佛过了一个世纪，他终于抱紧了新娘。我一口喝干杯里的酒，心中暗暗发誓：弟，这辈子我欠你的，在有生之年我一定还给你。

5

结婚一个月后，他不得不住进医院。医生说他 80% 的肾已经坏死，现在只有 20% 在维持生命。如果不换肾将有生命危险。也许是感觉到了死亡即将来临，他连续几天都没有睡觉。我一进来他便紧紧抱着我说："哥，我可能活不长久了，你一定要好好孝顺爸妈。"我的眼泪一下子来了，我哭泣着安慰他："弟，不要哭，只要有哥在你就不会有事。就算是砸锅卖铁，哥哥也会治好你的病。"

我们几乎是动员了所有的亲戚，在教师节的那天早上，一起去医院做验血。检验报告却显示只有我和父亲的肾有可能与他符合。不容多想，我要去捐肾。父亲却犹豫，他说他都一把年纪了，无所谓，但我还年轻，还有很长的路要走。再说我也不是他亲生的，犯不着担这个风险。

106

我以辞职来威胁他们，不许父母这样做。可那天下午父亲还是背着我去医院做了进一步检查，只是结果没有如他愿。无奈父亲只好把希望寄托在我的身上。也许是天意，结果是高分辨率配型，完全符合要求。

手术前的那天晚上，我在门口看见他正拼命冲向窗口，他的女友死命地拖着他。但女友力气太弱，差点就让他移到窗口。我大喊了一声："弟。"跑过去死死拽住："你这是何苦呢？你死了，谁来照顾爸爸妈妈啊？"他满脸泪水："哥，我是一个要死的人了，我不想再连累你了。真的，再说你也不是我亲哥。我知道你愿意为我捐肾，就已经感到很幸福了，可是我不想害你一生啊。"

我紧紧抱住他："傻弟弟，不要再说这种话了。自从我进这家起，我们的命运就紧紧联系在一起了。要死我陪你死，要生我也会竭尽全力地救你啊！"

手术如期进行。我从病床上醒来，得知自己的肾脏已经在弟弟体内正常运行。我再也控制不住自己的情绪，放声大哭。我知道我那饱经苦难的弟弟，终于能笑着迎来他人生的第二春了……

父亲，我是你心中永远的痛

自我记事起，我就一直没有见过母亲。据旁人说，她厌倦了小山沟里的穷日子，连声招呼也没打就走了。父亲却从没责怪过母亲，他常在酒后感叹："儿啊，都是我不好。我没钱给你妈治病，她才撇下咱们走的。"

那几年的日子糟透了。家里除了我之外，还有一个弟弟和一个妹妹。父亲为了凑齐我们的学费，起早贪黑地到处打零工。他舍不得吃，舍不得穿，头上的白发越添越多。

初三毕业那年，我和比我小一岁的弟弟同时考上了省重点高中，可家里的经济情况只能供一个人继续上学，这意味着我和弟弟必须有一个人辍学。所以当我和弟弟同时把录取通知书拿回家时，父亲只是瞟了一眼，脸上没有丝毫的激动。

晚饭后，父亲把我叫到厨房。他什么话也没说，只是长长地叹着气。从父亲冷漠的表情里我知道我落选了，我也读到了什么叫作"残酷"。我恨他把我从通向大学的路上拉了回来。我在心里叫喊着：为什么是我？可我没吭声，也没反抗。我只是流着眼泪，掏出通知书，撕了个粉碎，任那飞舞的碎片在他面前飘落。我擦了擦眼睛，走回房间。

弟弟迎上来想说些什么，被我推开。我钻进被窝，把自己罩得严严实实。我再次流泪，我觉得自己被父亲遗弃了，我是个没有人爱的孩子。我痛恨我的父亲，痛恨他的无情。

第二天，我离开家，一个人到了另一个城市。我开始到处捡破烂，饿了，就捡人家丢弃的食物。累了，就蜷着身子在墙角里眯一阵。就这样过了一个月，手头上稍有些钱，我便开始进一些报纸在火车站兜售。我被人打过，抢过，但我依然坚持着。

在整整三年的时间里，我只回去过两次。每次我都默默地把攒的一些钱交到父亲手里，然后转身就走。父亲也想留我吃顿饭，但他分明知道在我心里只有对他的恨。所以我每次回来，他总是默默地跟在后头，吸着劣质的纸烟，剧烈地咳嗽着。然而一切都唤不回我对他的依恋。我只是想：多年前父亲便把我遗弃了，我只是一个被抽空血液的躯壳，没有爱，也没有灵魂。

我经常做梦，结局总是我还沉浸在梦乡里就被两行冰凉的眼泪惊醒。我并不记恨弟弟妹妹，我之所以忍受这么多的苦，就是让他们都能上大学，圆我这辈子都无法实现的大学梦。

很快弟弟被中南大学录取，妹妹也考上了一所重点高中。家里的钱也越发紧巴了。于是我又到长沙打工。凭我这几年的闯荡经验，我顺利地找到一个摊位做起了买卖旧书的生意。利润很大，生意也红火。

在长沙混得久了，朋友也多了。不久之后我放弃摆旧书摊，和朋友做起了跑运输的业务。因为我们比较重信誉，生意也越做越大。慢慢地我有了钱，不再愁温饱。但没有上大学的疼痛却越来越强烈，我对父亲的恨也越来越重。那是一种刻骨铭心、撕心裂肺的痛。

父亲来看过我一次，他走了100公里路，千辛万苦找到我们公司，还为我带来了一双棉鞋和一些腊鱼、腊肉。父亲一边喘着粗气，一边说："儿啊……"但我不等他说完，便冷冷地打断他："我不需要这些，你以后不用再来看我。"看见父亲含着眼泪默默地走了，我心里涌起一丝莫名的伤感。

弟弟也常来看我，每次我都会拿出一沓钱给他，而他只是从中取一两张就说够了。每次离开时他都说："爸让我转告你，其实他很想你，希望你有空回去。"但我对自己说：在我的字典里，早就没有了"父亲"这个词，而且永远也不会有。

六年后，我们的业务越做越大，在全国很多地方都建立了连锁店，我也有了自己的房和车。弟弟做了一家外资企业的驻华经理，妹妹在一所高中学校里教书。听妹妹说，每次过年父亲都会给我留一个位置，一副碗筷，然后说着一些莫名其妙的话，说到最后还伤心地哭。

听到这儿，我转过了身，发觉脸上有湿湿的东西滚动下来。

一天，妹妹突然一脸沉重地跑来找我。我说："有啥事就说，等会儿我还要去澳门签合同呢。"妹妹说："爸快不行了，想见你最后一面。"我心里猛地一颤，却还是犹豫。以前的伤痛让我此时不知如何面对他，确切地说，是没有勇气面对曾经和他的种种。

妹妹看了我一眼继续说："我也是前几天才听隔壁的四公公说的，其实我和二哥都是父亲领养的，你才是他的亲生儿子。我和二哥出生后不久，家乡发了洪水，结果我们的亲生父母被大水冲走了。爸过来救人的时候，在漂流的澡盆里发现了我们……"

我像是被雷电击中一般，感觉整个世界都在我眼前翻转，儿时的事在我眼前一幕幕闪过……父亲并没有把我遗弃，自始至终也没有。当面临艰难抉择时，他想到的不是自己的孩子而是别人的孩子！这是多么崇高而浩荡的父爱！而我呢？任凭无知的自己一次又一次地把父亲推向绝望的深渊，也把自己推向悬崖。

我立即取消了去澳门的行程，和妹妹匆匆往家赶。我在心底不停地祈祷，祈求上天能多给父亲一点儿时间，好让我能在他宽阔的胸怀里一诉我的忏悔。可是我终究还是晚了。我赶回的时候，父亲已永远闭上了他的双眼。

我跪在他冰冷的身旁，一遍又一遍地磕着头，一声又一声地呼唤："爸！爸……儿不孝……你醒醒……儿回来啦……儿来晚了……"

任凭我如何呼唤，父亲不会再醒。他永远地离开了他眷恋的这个世界，离开了他久久眷恋的亲情，离开了他决绝而迟悟的亲生儿子。

当我终于读懂了父亲时，却不再有福气享受那份隐藏至深的爱，哪怕是见上他老人家最后一面。父亲！儿子是你心中永远的痛。

未曾顿悟已经年

中学毕业后，我被父亲送到县城一个杂货店里当学徒，杂货店老板是他的老乡。父亲一再叮嘱我："在那里要好好干，等过两年你出师了，就给你说个女孩子结婚，你再抓紧生个娃，好给这个家传宗接代。"父亲说到这些时眼睛里闪烁着兴奋和激动的光芒。

我默默地将桌上的课本装进书包里，然后背起书包跟着父亲走出家门。父亲发现了，回过头疑惑地问："你还带那些书本干什么？你是去当学徒，不是去上学！"

我的脸一下子红了，父亲的话触痛了我。高考落榜后，我一直心有不甘，想过两年再去考一次。

看着父亲疑惑的目光，我鼓起勇气说："我在店里没事的时候翻翻。"

杂货店位于县城大街中央，店里只有两三个员工。父亲将我带到一个五十多岁的人面前，让我叫他一声师傅。然后父亲满脸堆笑地对他说："我将孩子带来了，孩子年纪小，不懂事，以后请您多担待。"

师傅将我上上下下打量一番，又伸出手在我的肩膀上拍了拍，像是验收货物，说道："身子板是娇嫩点，会打算盘吗？"我轻轻地答道："小学的时候，在学校学过。"他又说："那好，没事的时候在柜台里把算盘练练，在我这儿必须要学会打算盘。"我木讷地点点头。父亲又轻轻交代了我几句后就走了。

阳光斜照进店铺刺得人眼睛生疼，灰尘在阳光下四处飞舞。

一个四五岁的小姑娘手里拿着一个小风车，咯咯地笑着跑了进来，店里的气氛顿时活跃起来。小姑娘一眼就看见了我，她用手指着我问大家："他是谁？我怎么没见过？"店里的人告诉她："这是新来的店员，你应该叫他大哥哥！"

小姑娘听了，马上走到我跟前，仰起脸，甜甜地喊了声："大哥哥好！"声音又响又脆，像百灵鸟在歌唱。这是一个多么可爱的小姑娘啊！她有着乌溜溜的像黑葡萄一样的大眼睛、忽闪忽闪的长睫毛、圆圆的像大苹果一样的小脸蛋。小姑娘甜甜的问候像一缕阳光照进了我心里。长这么大，还是第一次有人这么亲切地叫我。我俯下身子，笑嘻嘻地招呼道："小妹妹，你好啊！"

听店里的员工说，珍珍的爸爸在她很小的时候，就因一起交通事故不幸去世。幸亏珍珍妈凭借做面点的手艺在街市上开了一个早点摊，母女俩相依为命，日子才一天天走过来。

不知为何，我对母女二人的命运多了一份牵挂。我很想为她们母女俩做些什么。每当教珍珍画画时，我都格外认真。珍珍的悟性很高，学得也很好。

有次我看到珍珍妈咳嗽得越来越厉害，捂着胸口，样子很痛苦，我劝她:"怎么不去医院看看?"

珍珍妈凄然一笑:"现在不行,珍珍还太小。不过看到她和你在一起很快乐,我很开心。"说罢,她好像还有什么话要说,却没说出口。

看到她眼里闪过一丝晶莹,我心头一沉,感到空气有些沉闷。

转眼,我在这杂货店当学徒已经两年。我向师傅请了几天假,再一次去参加高考。高考结束后,我又回到了杂货店。刚一进店我就发现正在抽泣的珍珍,眼睛都哭肿了,几个店员正哄着她。珍珍看到我,喊了一声:"大哥哥!"就一下子扑了过来。她紧紧地抱着我的腿,生怕我跑掉似的。我忙蹲下来,用手不停地擦拭她的泪水,问道:"怎么啦?珍珍,哭得这么伤心?"店员悲伤地告诉我:"珍珍妈因乳腺癌去世了,现在只剩下她一个人了,这孩子可怎么办呀?"

我大吃一惊:"怎么会这样?"店员说:"其实珍珍妈早就知道自己身体有问题,因为看病要花很多钱,所以她一直隐瞒着,不去看病,想等到珍珍长大。可是她终于倒下了,这一倒就再也没能醒过来。"我这才想起珍珍妈经常咳嗽,还用手捂着胸口。原来那时她就已经病得很重了。我紧紧地搂着珍珍,哽咽道:"别难过,以后就让大哥哥来保护你。"珍珍懂事地"嗯"了一声,然后又轻轻地抽泣着……

一个月后,我收到了高考录取通知书。我默默地收拾好行李,带着珍珍告别了那个生活了两年的杂货店。

父亲看到我带着一个小姑娘回来,惊讶地问道:"这丫头是谁?"我闷声闷气地说道:"是您孙女!"父亲惊讶得合不拢嘴:"我什么时候有这么大的孙女？"我笑道："您不是早就要我成家，再给您抱个大孙子吗？这不就有了吗？"

父亲越听越糊涂，他看了看珍珍，又看了看我，眨着眼睛："小子，不对呀，你离开我也就两年时间，不可能有这么大的一个小孩啊？"我拉着父亲坐下，将这两年在杂货店发生的事，一五一十地告诉他。父亲听完沉默了好长时间，眼睛红红的。他握住珍珍的小手说了一句："真是个苦命的孩子！"珍珍抬起头，轻轻地叫了声："爷爷！"父亲亲热地答道："哎，我的好孙女！"然后将珍珍紧紧地搂在怀里……

到了去大学报到的时候，我对父亲说："珍珍就交给您了，好好把她带大，不要亏待她。"父亲挥了挥手说："放心吧，我会把珍珍当作亲孙女一样带大的。"

大学毕业后，我在一座偏远的城市找了一份工作。每月一发工资，我第一件事是给家里寄钱。珍珍已经上中学了，她学习很好，平时还喜欢画画。她说以后也要报考我上的那所大学，将来还要陪我一起过日子。

我有些生气，这丫头怎么这么说话？哥哥帮助妹妹是应该的，怎么能说以后陪我一起过日子？我打电话批评珍珍，叫她不要胡思乱想。这丫头还在电话里跟我嘻嘻哈哈，根本不当回事。

终于珍珍考上了大学。没有了这些年来的担忧和压力，我如释重负。

她来我工作的城市看望我。真是女大十八变，越变越好看。几年不见，珍珍已出落成一个大美女了：高挑的个子，健美的身材，白皙的皮肤，水汪汪的大眼睛。我差点儿认不出她来。

她还像小时候一样调皮，在单位走廊一见到我就惊喜地冲过来，喊了声"哥"后，在众目睽睽之下紧紧地抱着我。她睁着大大的眼睛，心疼地说道："哥，你有了许多白发，这都是为我操心的啊，以后让我好好照顾你吧！"

我费了好大的劲才挣脱了她的双手，这时我的脸早就红到脖颈了。我板着脸告诉她："珍珍，你有了嫂子了。以后见了我，不许再这样没大没小，让嫂子看见了不好。"

珍珍一下子愣在那，紧紧地盯着我。过了许久，她眼睛里滚动着晶莹的泪花，愤怒地说了句："我不理你了！你一点也不懂我的心。"说完，头也不回地跑了。望着她远去的背影，我的眼里也噙满了泪水。

我从抽屉里拿出医院诊断报告看了看，然后塞进口袋。接着我向单位递了辞职报告。我打算去到一个偏远的小山村，在那里一边治疗，一边在小学教孩子们念书。

珍珍还很年轻，她将来会有更美好的生活和爱情。我离开她是为了更好地保护她、珍惜她。爱不仅仅是获取，更重要的是能让对方更加幸福和快乐。

未曾顿悟已经年。在那个动荡不安的年代我们相识，从此我们的生命也有了交集。如果要说错在哪，只能说错在没有在彼此最美好的年华里相逢。

生命的自我修行

李良旭

1

上大学时，郝强和我是上下铺的室友。因为共同的兴趣和爱好，我们成了无话不谈的好哥们，形影不离。

毕业后，我们分隔两地工作。有一天，郝强突然来看我。令我感到吃惊的是他一脸倦容，而且比以前瘦了一大圈，完全不是我想象中的样子。听了他的解释，我才知道这几年发生在他身上的事。

一段时间，郝强总是感到心力交瘁，身后好像有一只手用力地推着他往前走，一刻也停不下来，终于他累倒了。到医院检查时，医生严肃地告诉他，他的血压、胃、心脏都有很严重的问题，必须马上住院治疗，否则留给他的时间不多了。

他并没有怨天尤人。他十分冷静地办了辞职手续，在人们讶异和不解的目光中，离开了那个被人羡慕的岗位。

他也没有听从医生的劝告去住院治疗，而是告别家人，告别那座城市，独自去西北山区一所贫困小学做了一名志愿者。

郝强从小的理想就是当一名教师，后来阴错阳差，他走上了政途。郝强说孩提时的那个梦想，一直像火一样在他的内心燃烧，从没有熄灭。他常常梦到自己走上讲台，为孩子们上课。孩子们眸子里充满着无限的憧憬。那一幕多么温馨。

　　他说当医生告诉他身患重病，需要马上住院治疗时，他竟感到一种久违的轻松。他说是时候彻底告别以往的生活了，他要听从内心的召唤，开始自己梦想的生活。哪怕生命的时间十分短暂，他也会感到幸福。

2

　　终于郝强背起行囊，颠簸辗转，来到了那所贫困的山区小学。眼前的景象深深地震撼了他：这里仅仅有两个固定的老教师，年轻人因受不了恶劣的生活环境，没干多久就走了。每天天还没亮的时候，孩子们就翻山越岭地去上学，中午，孩子们吃从家里带的窝窝头，喝从井里打上来的凉水，下午三点钟就放学，不然天一黑，孩子们看不见回家的路。下雨时，孩子们身上沾了一层泥水，像个泥猴子；大冬天，有的孩子还穿着塑料凉鞋，小手小脚被冻得通红。

　　他感到十分焦虑，想和时间赛跑，想多做一点实事。于是他和孩子们一起，整出了一块空场地，搭起了两个简易乒乓球台。他用自己的积蓄买了乒乓球柏、足球、羽毛球和跳绳……他争取到村委会的支持，建起了一所学校食堂，解决了学生午饭问题。为了给学生增加营养，他还养了两头猪、几只鸡，开辟了五块菜园子。孩子们从家里带来了菜籽，他种上了青菜、萝卜……

他教孩子语文、数学、英语、电脑、体育……几乎所有的课程。孩子们的视野开阔了，他们看到了大山外面的世界。那里的世界令他们充满了憧憬和希望，他们的脸上露出灿烂的笑容。和孩子们在一起，郝强感到自己像换了一个人，心情也变得轻松、愉快。

孩子们把他当作自己最信赖的亲人，有什么烦恼和痛苦、欢乐和喜悦都爱向他倾诉。大家的信任给了他力量和勇气，让他感到生命是如此灿烂和美好。这是一种他从未有过的生命体验。

有几个孩子因家庭条件不允许先后辍学。郝强翻山越岭，挨家逐户地拜访，向家长们讲述知识的重要性。在他一次次的上门做工作的过程中，家长们深受感动，又将孩子们送进了学校。孩子们的脸上又露出了灿烂的笑容。

4

三年过去了，在他教的第一批学生中，有三十八个孩子考上了县中学，十二个孩子上了镇中学。没有孩子失学成为这所小学成立以来最好的成绩。

他脸上肆意流淌着泪水。那是幸福的泪水，那是激动的泪水，那是感动的泪水……

送走了孩子，他才想起自己身上的那些病。他惊讶地发现，那些病并没有再折磨他，而他也有了更多的时间去做想做的事。他有些感动。

他又来到医院检查，医生惊讶地发现他身上的各项指标已趋于正常。医生疑惑地问他，是在哪里治疗的，怎么疗效这么好？

他没有马上回答，而是站起身走到窗前，眺望着遥远的山峦。不知不觉地，他的眼里泛上了一层晶莹的泪花。只听他深情地说道："生命是一种修行，我听从内心的一种呼唤，开始了一种全新的生活。也许正是这种新的生活、新的人生，才使我渐渐地恢复健康。"

医生听后静静地看着他，若有所思地点了点头，说道："从医学角度，我很难解释你身体康复的原因，但你这句'生命是一种修行'说得非常好。只有把生命作为一种修行，才能不断地完善自己、改善自己。我想从某种角度上讲，这也许是你身体渐渐康复的一个重要原因。"

告别医生，他又来到了大山里的那所贫困小学。他的心早已属于那片大山。在他离开的那些日子，孩子们天天站在山头眺望，许多孩子的眼睛里噙满了泪水。当他又出现在孩子们的眼前时，孩子们欢呼着、跳跃着从山头跑下来。那欢快的声音，在层层山峦里久久地回响着……

5

我专程去那所山区小学看望郝强。我去时，看到他正带领孩子们举行升国旗仪式。在嘹亮的国歌中，一面鲜艳的五星红旗在旗杆上冉冉升起，郝强和孩子们仰望着国旗，脸上露出无限的骄傲和崇敬。正在附近劳作的村民们听到校园里传出来的国歌，也都一个个地停下了手上的劳作，直起身向校园这边注视着，脸上同样露出无限的向往和崇敬。

郝强带着我参观他的学校，学校共有八十多个学生，分多个年级。在简陋的教室里学生们学习依旧很认真。他还带我参观学校的食堂，我看到食堂很干净，全是不锈钢餐具，午餐有萝卜烧肉、西红柿炒鸡蛋、青菜和拌黄瓜等。他的妻子正穿着白大褂在食堂里忙碌着。

在这里我和他们一起生活了几个星期。不知不觉中，我也深深地爱上了这里。大山里吹来一缕缕清新的风，吹散了我心中的阴霾……

郝强说得不错，生命是一场自我的修行。每时每刻，我们都应该不断地自我完善、自我修炼、自我修行。这样生命才会绽放出美丽的光芒。在这里短短的几个星期的体验，让我对生命有了一种更加深刻的认识和感悟。

我告别了郝强，告别了大山，告别了那些清纯质朴的孩子。蓦然间，我发现我对这里也变得那么留恋、那么不舍。我的一颗心似乎也留在了这里……

郝强，我想对你说：也许有一天，我也会来到这里，把根扎下来。我们还会做一对好兄弟，这种友情也会在这里延续下去……

红色的五月，黑色的六月

流　冰

在父亲病情反复恶化的那段日子，母亲曾经多次跟我讲，父亲一定要等到我结婚之后才安心上路。

5 月 18 日，是我的婚期。

哥哥、姐姐和母亲都提前一天赶到小城，遗憾的是父亲没有来。大哥递给我父亲捎来的 1000 元现金说："父亲说明天客人多，事情复杂，千头万绪。他身体不好就不再来给你添乱了。"

我攥着这些钱心里有些难受，鼻子酸酸的。我知道父亲一定很想过来看看，他盼这一天已经很久了。

新婚的第三天，我便偕妻回老家看望父亲。父亲前一天就从大哥那儿得信，今天一早他就拄着拐杖在路边张望，一见着我们就慌乱地转过身去，踉踉跄跄地踏过门槛迈进屋去，边走边招呼里面的人："回来了，回来了。"于是屋里的人闻声迎上前来，接包的接包，牵手的牵手，围着新娘子问这问那。而唯独被冷落在一边的父亲显得有些手足无措："进屋说进屋说，老堵着门道干吗？"

晚饭的时候，父亲端起了他那久违的酒杯。我陪着父亲喝酒。父亲的气色一直很好，精神也很好，借着酒劲他的话也多了起来。父亲讲："家也成了，欠下的款子明年春天凑齐还给人家。持家过日子不比单身汉，钱要紧巴着花，说不准明年就是人上人了，要有思想准备。你现在是有家有口的人了，大事小事要让着些对方，我和你妈几十年如一日和和气气过来了，凭着就是这一点……"

父亲絮絮叨叨地讲了许多，既有对往昔的回首，又有对我的叮咛。我始终没有走开，我觉得能陪父亲坐坐，喝两杯酒，听听他的唠叨，便是为儿对七旬老人最大的孝心了。

短暂的婚假转眼即逝。我回小城那天，父亲送我，身体显得更加佝偻。我想陪父亲说说话，可他一言不发，始终不肯看我。走至胡同口时，我禁不住又回头看了一眼，父亲依然站在那里静立不动，但是泪挂双颊。

在这之前，父亲的一切于我而言都平淡得不值一提。但此时父亲的泪水又如此汹涌，如此明朗地提醒我：这份爱意，这份牵挂，我再也不能熟视无睹，不予理会，不加珍惜了。回小城上班后的每一个夜晚，我都会梦到父亲脸上挂着泪水的画面。

果不其然，第五天上午，我就接到大哥从老家打来的电话。撂下话筒，我便慌慌张张地赶回老家。

父亲躺在小镇医院的病床上昏迷不醒，他消瘦的脸庞在日光灯的照射下显得更加苍白。我静静地坐在床边，握着父亲绵软无力的手，想起儿时挤在他身后的我，就像暖暖日头下一只靠着墙边晒太阳的小猫儿。如今小猫长大了，可山墙已岌岌可危。我伏下身轻轻地呼唤父亲，父亲却没理我，泪水就这样悄悄打湿了我的面颊。子夜时分，父亲终于醒过来，很费力地歪过头来看我，嘴唇动了动却什么也没有说出来。我赶紧凑上前去，父亲将眼睛闭上说："爸不行了……"紧接着是一阵无力的急咳，我连忙托起父亲的上身说："爸，咳吧。咳出来会好受些。"父亲努力了一阵子，但他身体太弱，加上痰的黏度过浓，最终还是没能咳出来。看父亲气喘吁吁，十分难受的样子，我伏下身去，将嘴唇贴近父亲的嘴唇。父亲扭过脸去无声地拒绝。我只好将卫生纸揉成乱团状，伸进他的嘴里慢慢地转动，父亲似乎很慌乱，动了动却未能如愿。待我将父亲的口腔清理干净后，父亲好像很难为情地说："乖乖，让你恶心了。"我说："爸，瞧你说的。"这个时候我看见父亲紧闭着的眼睛周围已是一片潮湿了。我伸手帮他拭去，父亲笑了笑，无奈又苦涩。

6月17日黄昏，小镇的天空降下冰冷冷的小雨，父亲那单薄的身躯在鲜花和绿叶的陪伴下，缓缓飘出了我们的视野。父亲走得十分安详，除了他眼睑下印着的那两道泪痕之外，大家看不出他一丝苦痛的迹象，他的嘴角边似乎流露出一丝浅浅的笑意。大家都舍不得退了老屋，更不忍心去挪动屋内的摆设。我们都有同一种感觉：父亲又去出差了，我们就像儿时一样，依然会用一种甜美的心情去盼，去等，无论多远，多久。

父亲的爱里有片海

陈振林

我从海边回到"金海岸"小屋的时候，已经是下午5点多钟。我是从海边回来的最后一拨人。其实昨天我就可以回来的，要不是为了多拍几张"海韵"照片，让我那些还没见过海的学生长长见识，我不会在海边多待一会儿。从前天开始，广播、电视、报纸等媒体就发布消息说大后天将会有台风登陆。昨天大多数的游人返回了市区，今天只剩下少数游人。而且所有剩下的游人都手忙脚乱地收拾着行李，准备马上离开。

"金海岸"是个六面都被厚铁皮包围的小屋，只有朝海的那面开了个小门。这也许是经历过暴风雨的人对小屋的最佳设计。小屋里有些简单的生活设施可以供人们使用。小屋很有特色，前天我还专门为它拍了几张照片。小屋离海边最近也要一个多小时，到海边游玩的人们会在这儿歇会儿脚。

天总是阴沉着脸，像随时要发怒似的。要不是"金海岸"的小老板开着一台收音机，这"金海岸"早就没有了一丝活力。在旅游旺季，"金海岸"周围那是人山人海，不比繁华市区的人少。

"这铁板做成的金海岸也帮不了大家，大家快收拾东西回市中心，躲进厚实的宾馆里去吧。"那小老板不停地大声叫着。

人们各顾各地收着东西，很少有人说话。我的东西很少，早已被我收拾停当。忽然我看见前方有两个人，他们可能是父子，父亲有四十几岁的样子，儿子也不过十来岁。父子俩一动不动，孩子无力地倚在大人身边。父亲提着个纸袋子，里面只有一条毛巾和一个瓶子。可是他们一点也不惊慌，仿佛明天即将到来的台风与他们毫无关系。

"父子俩吧？"我走过去搭腔，父亲点了点头，算是回答。

"收拾收拾，我们一起走吧。"我说，"我是耐不住寂寞的一个人。"我又说。

父子俩没有作声，父亲只对我笑了笑，却没有回答。我想他们是对我心存戒备吧。

"您说，明天真的有台风？"过了一会儿，那个父亲盯着我问。我重重地点了点头。他的脸上的神情满是失望。

还有一个多小时汽车司机才能来接我们回市区。人们都拿出早就准备好的食物来填饱咕咕叫的肚子。我也拿出了我的食物：一只全鸡，一袋饼干，两罐啤酒。

"一起吃吧？"我对他们两人说。"不了。我们吃过了。"那父亲说着扬了扬纸袋子里的瓶子，那是一瓶榨菜，现在只剩下一小半。

我开始吃鸡腿，那父亲转过头去看远处的人们。儿子的喉结却开始不停地嗫动，吞着唾沫。我这才仔细地观察孩子，瘦得皮包骨头的他偎在父亲身旁，远看就像是只猴子。我知道孩子肯定是饿了，就撕

126

过一只鸡腿递给了孩子。父亲忙转过脸来对我说了声"谢谢"，我又递过一只鸡翅给那父亲，父亲不好意思地接在手里。等到儿子吃完了鸡腿，父亲又将鸡翅递给儿子。儿子没有说话，接过鸡翅往父亲嘴里送。父亲象征性地舔了下，算是吃了一口，儿子这才放心地吃鸡翅。

我忙又递给父亲几块饼干说："吃吧，不吃身体会垮掉的。"父亲这才把饼干放进嘴里，满怀感激地看着我，又开口问："您说明天真的会有台风？"

"是的呀，前天开始广播、电视和报纸就在说，你不知道？"我说。父亲不再作声了，脸上的阴云更浓了。

"你不想返回去了？"我问。

父亲长长地叹了一口气，说："怎么能回去呢？"他的眼角有几颗清泪溢出。

"怎么了？"

"孩子最喜欢海，孩子要看海呀。"他拭去了眼角的泪，生怕我看见似的。

"这有什么问题？以后还可以来的。"我安慰他说。

"您不知道，"父亲对我说，"这孩子今年十六岁了，看上去却只有十岁。就是十岁那年他被检查出来有白血病。六年了，前两年我和他妈妈还可以四处借钱为他化疗，维持孩子的生命。可是一个乡下人，又有多大的能耐呢？该借的地方都借了，只能让孩子就这样拖着。前年，他妈妈说出去打工挣钱，可到现在还没有消息。孩子就这样跟着我，他知道我们在一起的时日不长了，他就对我说：'爸，我想去看看大海。'父子连心，我感觉到孩子会在这两天离开我，于是我卖掉了家里的最后一点东西，凑了点车费来到这座城市，又到了这海边小屋。眼看就能满足孩子看海的心愿了，可是，可是……"父亲哭了起来，声音很低沉。

"不管怎么样，还是先返回去再说吧。"我劝道。

"不！我一定要让孩子看到海。"父亲坚定地说。

接游人的汽车来了，游人们争着上了汽车。我忙去拉父子俩，父亲虽然连说谢谢，却紧紧搂着儿子，一动不动。但是我不得不走。我递给那父亲 300 元钱后，在汽车开动的刹那也上了汽车。我想也许还有一班车能把他们带回来。到了市区，司机告诉我这就是最后一班车。我后悔起来，真该强迫父子俩上车的。但又想起父亲脸上的神情，我想恐怕也是徒劳。给了 300 元钱，似乎让我心安理得，但那300 元钱又有什么用呢？

当晚，我在宾馆的房间里坐卧不安，我唯有祈祷：明天的风暴迟些来吧。

然而，大自然总是无情的。第二天，台风如期而至。我听着房间外呼啸的风声和树木的倒地声，心里冷得厉害。我心里还惦记着那父子俩。

台风过后，我就要回到我的小城去上班。回城之前，我查到了"金海岸"小屋的电话号码，我想知道那父子俩到底怎么样了。到下午的时候，电话才打通。"金海岸"的小老板还记得我。我问起那父子，小老板说："风暴来的当天，父子俩还是去了海边，不过幸好他们及时地返回了小屋。就在台风来的时候，那瘦瘦的孩子躺在父亲的怀里，永远地闭上了眼睛，脸上洋溢着幸福的笑容……"

我拿着电话，怔怔地站在那里。窗外，云淡风轻，被暴风雨洗礼之后的天空竟是如此的美丽！

风中读诗的男孩

王举芳

男孩十来岁的样子，站在风口，双手努力捏住一张纸在读着什么。风声太大，且逆风，把纸吹得哗哗响。我听不清男孩读的内容，只看见他的嘴一张一合，神情那么专注认真，像在朗读一篇人心的诗文。

好些天，男孩都站在风口读手中纸上的文字，他那单薄的身影，稚嫩的小脸，严肃的神情，让我生出无限猜想。我极想听清楚他在读什么，但我不能靠近他，不能打扰属于他的小小世界和幸福时刻。我知道人在专注于一件事的时候，心里是温暖的，美好的。

一天清早，我看见一个老大爷站在男孩身后，欲言又止，最后不舍地离去。中午，我看见一个年轻女子领着蹒跚学步的孩子站在男孩身后，静静地听男孩诵读，还用手轻拭眼角。黄昏，我看见一个老太太站在男孩身后，夕阳照在她的身上。她站在那里一动不动，像一座雕像。

一个飘着毛毛雨的下午，我撑着伞下楼向男孩走去。在离他两米左右的地方，我停住脚步，目不转睛地望着他。雨滴凝成的水珠落在男孩的头发上，折射着光，像晨曦中草尖上的露珠，清澈、晶莹。男孩还在读着纸上的字。而我除了听到风声雨声，没有听到一点男孩诵读的声音。我的心里充满了疑问。我像一只轻巧的猫迈动脚步，慢慢地靠近他。

"小南，下雨了。别读了，咱们回家吧。"那个老太太喊他。老太太看到我，露出慈祥的笑容，像我的母亲一样。

男孩太专注，没听到老太太的话。老太太用手轻轻戳了一下男孩手中的纸，男孩停止了诵读，抬头望着老太太。老太太轻抚去男孩头发上的雨滴，牵着他的手，向附近的一个居民小区走去。我的心莫名地多了几丝伤感。

接下来的几天，我都没看见风口中的那个男孩。我站在窗边使劲地张望，连个影子也没有。我的心里满是失落。因为少了男孩，风口处的一切都显得那么孤独。我站在风口学着男孩的样子，无声地诵读着……

忽然，男孩出现在我面前，望着我腼腆地笑。我像等待久违的故人般，一下把男孩搂在了怀里。冷静下来后，我不好意思地望着男孩。男孩倒表现得十分坦然。

"你叫小南是吗？你在读什么？能给我看看吗？"我看着男孩手中的纸。男孩点点头，把纸递给我，上面是手写的几行字："凯风自南，吹彼棘心。棘心夭夭，母氏劬劳。凯风自南，吹彼棘薪。母氏圣善，我无令人。爰有寒泉？在浚之下。有子七人，母氏劳苦。睍睆黄鸟，载好其音。有子七人，莫慰母心。"我知道这是《诗经》中的《凯风》。这首诗是赞美母亲的辛勤、劳苦、明理的美德，还表达了孩子不成器难以回报母亲，难以宽慰慈母之心而惭愧不安的心情。

男孩接过我手中的纸，站在风口，读了起来。他的嘴一张一合，我依旧没听到他的声音。"到这边坐坐吧。"那个老太太对我说，"小南在给他妈妈读诗。这个孩子小小年纪，却很懂事。前几天他生病了，在医院也没有停止给妈妈读诗。"

"他妈妈呢？"

"在南方的一个偏远山区支教。"

"小南为什么非要站在风口读诗？"

"他告诉我，风有翅膀，能把他的声音传到妈妈耳朵里。"

"小南的妈妈是我的女儿。六年前她被查出得了子宫癌，她决绝地离婚后，一个人跑到山区支教。这些年病魔好像忘记了折磨她，她总说是孩子们给了她第二次生命，所以她要把自己的一生奉献给孩子们。可就在不久前，一场特大暴雨引发的泥石流席卷了她所在的小学。她的身子躬成船状护着身下的孩子，她自己被砸晕了，到现在还没醒来。医生说亲人的呼唤也许能唤醒她，小南就每天为妈妈读诗。这首诗是我女儿教给他的，也是我女儿……最……喜欢的……"老太太说着泣不成声。

稍后，老太太用力擦擦眼中的泪，喉咙里使劲吞咽着什么，好像要把所有的悲伤都吞到肚子里去。

"小南是我女儿初到南方支教那年，收养的聋哑弃儿。"

我的泪再也控制不住了。我努力平复着自己的情绪，然后走到小南身边，与他一起大声念着："凯风自南，吹彼棘心……"

132

用云朵织成的蓝围巾

王举芳

他坐在窗前抬头望着天上的云，一团一团，像洁白的棉花。他忽然想：用云朵一样的棉花织成的围巾一定很暖和。他想象着她围上围巾时温暖又幸福的样子，不禁笑了。

他在网上发了一个帖子，寻找可以帮他织围巾的人。但一直没有人回应。他有些着急了，因为她的生日越来越近。

一个星期后，有人回了他的帖子："织什么样的围巾呢？"他赶紧把自己的想法说了出来。那人又回帖说："围巾送给谁呢？"他对发帖人说"我们私聊吧。"一番交谈后，回帖人欣然答应帮他织围巾，而且分文不收。他非常感动，觉得胸膛像覆盖着一团棉花一样温暖。

十一年前，他还是个十三岁的少年，无忧无虑地感受着世间的温暖，浑然不知恶魔已悄悄向他靠近。初冬上午，天气透着清寒。他正在学校上课，突然全身失去知觉，浑身好像触电般麻木，一碰就钻心地疼。父亲接到消息匆忙赶来，赶紧把他送到了医院。经过一系列的检查和专家会诊后，他被确诊患了颈椎脊髓血管瘤。血管瘤压迫到神经，导致脖子以下都没有了知觉。

突如其来的变故，让小小年纪的他感到绝望，也让父亲有些慌乱，不知所措。父子俩对视着，都强忍着不让眼泪流下来。她匆匆来到医院，对愁容满面的父子俩说："不管再苦再难，我们都要把孩子的病治好。"她的态度是那样的坚决。

治病需要钱，父亲不得不去打工。她独自一人承担起带他治病的重担。经过一场脊椎减压手术后，他的双手和胸部慢慢有了知觉。这让她欣喜万分。她不停地为他按摩，日夜陪在他的病床前，困了就在医院走廊的长条椅上眯一会儿。

她听说省城有一位针灸技术高超的中医，心想或许能治好他的病。她立马花了 80 元钱买来一辆旧三轮车。城市处处高楼林立，道路纵横交错，不认识路的她手持一张地图，推着他晕头转向地走在街上。下坡时，疲惫不堪的她双手紧紧拉住三轮车，但他的体重超她很多，三轮车飞速下滑，最后翻倒了。她用尽浑身力气扶他起来，心疼地抚摸着他被擦破的手说："我真是太没用了。"他拂去她脸上的泪水："是我拖累你了。"两个人抱头痛哭，而后擦干眼泪，继续向前走。

不到十里路，三轮车翻了两次。他们走了整整一个上午，终于找到了那个知名的专家。专家诊断过后，对她说："要康复的希望几乎为零。"她听了，眼泪瞬间决堤。即使这样，她也丝毫没有放弃他的念头，她对他说："只要今天比昨天好，哪怕是好一点点，就有希望。"

2007 年，她发现自己怀孕了，但没有放在心上。只要她听说哪里能够治好他的病，就毫不犹豫地推他出门。过度的劳累，加上营养不良，导致她的孩子流产了。他知道后，用手捶打自己，恨自己把她害得这样苦。

在她的精心照料下，他的身体渐渐好转。2010 年，他自己能够从床上坐起来，随后在她的搀扶下，竟然奇迹般地能拄着拐杖慢慢挪动了。望着她憔悴的面容，他想："现在我病情好转了，不能再让她那样辛苦。"但他只有右手两根手指能正常活动，思来想去，他打算做网购客服。她得知他的想法后，很支持他，爽快地向亲戚借钱为他购买了电脑。

一个月后，老板给他发了三百元的工资。虽然不多，但这是他完全凭着自己的能力挣来的，他非常高兴。十多年来，她一直为他付出和操劳。他想用自己挣来的第一笔钱为她买份礼物，表达他当儿子的孝心。三岁时他的亲妈去世，作为继母的她却对他那样好，亲妈在也不过如此。

蓝围巾寄来了，长长的绒毛线密密地连接在一起，像一团蓝色的云，手指轻触，就能感受到它的温暖。她围着蓝围巾，温暖瞬间融化了她所有的辛酸。11 年，4009 天，她将母爱毫不保留地给了非亲生的儿子。她没有一句怨言，像一条围巾一样为儿子驱赶寒意。

现在他能够自食其力了。他对她说："妈妈，你不是说想去看看大海吗？你生日那天，我们一家人一起去看海，好不好？"她点头同意。

蔚蓝的大海边，海风吹拂着她的蓝围巾。快乐和幸福似浪花，在他们面前轻轻翻涌。

继母的爱似白云，化成雨，润泽儿子苦难的生命，让他枯木般的人生逢遇春天。继母的爱似大海，博大到可以化解任何苦难。

第四章

心心念念，最牵挂的是你

你是我心中真正的英雄

刘万里

我小的时候，爷爷经常给我讲他在抗美援朝中英勇战斗的故事。那时我非常敬佩爷爷，认为爷爷就是英雄。

直到有一天，一伙人冲进我家里抓走了爷爷，我才明白爷爷在抗美援朝中当过美国战俘，爷爷的英雄形象在我心中顿时倒塌。爷爷成了所谓的"牛鬼蛇神"，戴着尖尖帽被批斗、游街。爷爷身后总是围满了看热闹的人，他们脸上表情总是乐呵呵的。迫于压力，父亲跟爷爷划清界限，他站上台痛诉爷爷的罪行。这时一个头目说："他是美国的战俘，资本主义的走狗，为了表示划清界限的诚意，你给我扇他几个耳光。"父亲走上去说："从今后我和你断绝关系。"父亲的巴掌打在了爷爷的脸上，爷爷的泪水顿时流了出来。

爷爷被关进了"牛棚"，成了一个木偶人，每天定时游街、被审查、反省……爷爷像是一个瘟神，父亲不再理他，我也视爷爷为叛徒、汉奸和卖国贼，总是怀着敌意盯着爷爷。有时我也学大人的样子，朝跪着的爷爷吐口水。我的行为博得了造反派的赞扬，我心里暗暗高兴，好像我也成了革命队伍的一员。

极"左"的岁月终于过去了，爷爷也被平了反。但他心中的阴影却无法被抹去，爷爷当过战俘的事情是无法改变的。从此爷爷变得沉默寡言，目光呆滞。有时一坐就是一天，也不知他心里在想什么。

随着时间的流逝，我渐渐长大。一天，我在报上看到一篇文章，叫《战俘上了美国英雄榜》，说是美国搞了一次"谁是你心中的英雄"调查问卷，结果一位叫约翰·麦凯恩的战俘在二十位英雄中列居第六。我想中国的历史基本上是一部战争史，在中国英雄主义是至高无上的。所以我们推崇献身就义、壮烈牺牲的英雄观，把被俘者视为可耻之徒，贪生怕死之辈。其实人类自从有了战争也就有了战俘的概念。敌人对战俘不同的态度和处理方法，是文明程度与人性深度的反应，也是社会文明进步的重要标尺。我想起了爷爷，想起了他所受的折磨。爷爷有什么错呢？同时我对我小时候误解和唾骂爷爷感到愧疚。

我拿着这篇文章去找爷爷，他正坐在山头上发呆。我叫了一声爷爷，他半天才回过神来。我把《战俘上了美国英雄榜》念给他听，我念完时，他已泪流满面。他就给我讲当时被俘的情况。当时他所在的部队是180师，180师在执行穿插任务时失利，近2万人被俘。爷爷当时在弹尽粮绝、淫雨侵袭、身体患病的情况下不幸被俘，时年25岁。在美国战俘营里，他们遭到了非人的摧残和折磨。爷爷曾想到过自杀，但一想到妻子和还没见过面的儿子（爷爷赴朝鲜战场时，奶奶已是身怀六甲），爷爷就含着泪咬紧牙坚持着。说着说着，爷爷掩面痛哭起来，我心里很难过，却不知如何去安慰他。

世人对待风烛残年的爷爷太不公平。活着甚至比死更需要勇气，因为每一个生命都连着更多的生命，所以这种忍辱重负才显得有分量和意义。正如罗曼·罗兰所说："世界上只有一种真正的英雄主义，那就是认清生活的真相后还依然热爱生活。"有勇气活下去的爷爷才是真正的英雄！

我说："爷爷你是我心中的真正英雄。"

爷爷抬起头说："我第一次听人说我是英雄。"爷爷扑到我的怀里，像个孩子一样哭起来。

那年冬天的雪花

刘万里

那年冬天很冷，雪花下得很大。

他背着书包，踩着积雪朝学校走去。突然他不想去学校了，因为作业没做完，到了学校会挨老师的责骂。于是他决定逃学去网吧。网吧是二十四小时营业的，他坐在网吧角落里玩 CS，一直到放学时间才回家。

回家后他想到作业没做，一定又会被老师骂，干脆一不做二不休，明天继续去网吧玩。他骗母亲："学校要交三百元补课费。"母亲叹了一口气："学校整天给家长要钱，不是这费就是那费。"母亲嘴上虽然这么说，但还是毫不犹豫地掏钱给他。他又偷偷用母亲的手机以家长的口吻给老师发短信请假，说他生病需请假一周。

每天他依旧按照上学时间准时起床，然后背着书包去网吧，一直玩到放学时间才回家。就这样他连续十天待在网吧，直到班主任打电话问他的病情，母亲才知道他有一周多没去学校。母亲立即问他，他如实交代。母亲很实在，又如实把情况告诉班主任，班主任听了非常生气，让她第二天带着孩子来学校。

第二天，他不安地跟着母亲来到了学校。班主任说："他逃学去网吧，而且又撒谎，这种情节非常恶劣，按照学校规章制度，要被劝退或者开除。"母亲知道了事情的严重性，苦苦哀求老师："你看这样行不行？我去医院给孩子开个证明，就说孩子确实生病了。"班主任认真地说："你这不是造假吗？我已经上报教导处，你先把孩子带回去等学校通知吧。"他在班上调皮捣蛋，每次考试都是最后一名，大家都不喜欢他。母亲知道老师想要放弃他，免得他拖全班的后腿。母亲几乎要跪下来："老师，求求你，给他一次机会吧。"班主任说："我做不了主。"

　　母亲只好带着他回家。每天母亲看着别的孩子背着书包去学校，她就非常着急。她忍不住给班主任打电话，态度低三下四。她好话说尽，班主任还是一再说等学校通知。

　　一周后，母亲接到了班主任的电话："学校为了整顿校风，决定把你孩子开除，当'典型'宣传。明天来学校办手续。"接完电话，母亲突然大哭起来，生气打了他两巴掌："你看你，才十三岁就被学校开除了，今后你该怎么办？"

　　他意识到了问题的严重性，捂着脸哭起来。母亲一夜之间好像老了许多，连续几天都没心情吃饭。

　　一周后，母亲说："你爸下岗了，现在给人家当门卫。我工资不高，公司也快倒闭了。你去社会闯荡吧，我们要求不高，你只要能顾住自己的温饱就行。我给你联系了一家汽修店，你给人家当洗车擦车的小工吧。"他点了点头。

　　他跟在母亲身后，踩着积雪，雪地上留下一串串脚印。两人都没说话，只有雪花漫天飞舞。有几朵飘进了他的嘴里，他尝到一股淡淡的苦味……

他们来到汽修店门前，一个人走了过来，母亲对他说："我把他带来了。"老板打量了他一眼说："好，现在你就可以上班了，去把那辆车擦干净，要擦得一尘不染。"他走过去端起一盆水，拧了一下抹布，水冰冷刺骨，他咬牙坚持着。

母亲抹着泪，转身离开。

老板脾气暴躁，动不动就骂他打他。他每天早出晚归，干的活又脏又累，回家后倒床就睡。干了两个月，他的双手开裂，嘴唇裂皮，脚也起了冻疮，身上还有被老板用棍子打的伤痕。看到背着书包上学的学生，他非常羡慕。这些日子，他突然长大了，明白了还是上学好。

一天，母亲问："你还想上学吗？"他说："想。"母亲说："那就好，我重新给你联系了一所学校。"他又重新回到了课堂。在学习上他非常刻苦，改掉了一切坏毛病。初中毕业，他考上了重点高中。三年后，他考上了清华大学。

那年寒假大雪纷飞，他回家路过那家汽修店，老板见了他说："你母亲真是伟大的母亲。当年你到我店里打工，我店本来不缺人，是你母亲苦苦求我，我才答应的。而我给你的工资，就是你母亲给的，我只是转手给你而已。你母亲还让我打你，她这样做都是为你好……"

他眼里突然噙满了泪水。迎着雪花，他加快了脚步，只想快点回家。他知道母亲一定在家等着他……

他就是现在的我。

女儿，女儿

老刘家二十五年前走失的女儿红红回家了。

这消息像长了翅膀一样，一会儿就传遍了整个村子。二十五年前的一个下午，老刘家三岁的女儿红红在村东头玩耍，突然像人间蒸发一样，不见了踪影。两口子找了几年都没找着。后来有了儿子小波，两口子才渐渐地从悲伤中走出来。

这些天刘大妈一直卧病在床。还不到六十岁的她身子骨却不怎么硬朗，像个药罐子一样长年吃药。前几天，刘大妈的胃病又犯了。老刘头陪着她看医生，医生说这病很严重，随时可能发生意外。老两口知道这话什么意思，一回到家，刘大妈的病好像更重了，卧病在床。

老刘头慌忙将老伴送去医院，镇上医生建议送到县医院。到了县医院，老刘头二话不说就为刘大妈挂号，让她住院。刘大妈拉着老头的手说："他爹，其实我也知道我的病。但我还有个心病，你还记得二十五年前我们家走失的闺女吗？要是我在闭上眼之前能见到她，那该多好。他爹，你再找找，看看能不能找到我们的闺女……"老刘头的眼泪差点流出来，他使劲地点了点头，走出门给在省城的儿子小波

145

打电话。小波去年大学毕业，刚参加工作。

没想到喜从天降，二十五年前走失的女儿就在这节骨眼上被找回来了。

刘大妈高兴得了不得，一下子就下了病床，直嚷着要回家，说不想让女儿在医院里见到娘。老刘头拗不过刘大妈，急急忙忙办了出院手续，把她拉回了家。不一会儿，就有一辆面包车开到了家门口，从车上先下来的是小波，然后走下来个女子。刘大妈不用细看就知道她是红红。那眉眼，那胳膊，那腿脚，她做妈的怎么会认不出？

红红走过来，和刘大妈紧紧地拥抱在一起。两个人都哭成了泪人儿。

红红从进门就一直拉着刘大妈的手。坐下后，红红送给她一件羽绒服。刘大妈一试，很是合身。红红就笑了："知母莫若女，妈，女儿还会给您买更多更好的衣服。"刘大妈脸上绽开了花。红红又端过一盆热水说要给母亲洗脚。刘大妈连声说"不行不行"，但没有拗过红红。邻居们见了都羡慕得不得了，说还是有女儿好。惹得刘大妈的眼泪又出来了，笑着说："是的是的，还真是有女儿好。"晚上，母女俩睡在一张床上，聊个不停，像说不完似的。

第二天，红红下厨房说要做顿饭给母亲。老刘头两口子直夸女儿孝顺。小波说："妈，姐当年让人贩子给抢走了，后来被卖给一户姓王的人家，这户人家对姐好，就当她是亲生女儿一样，供她上学。然后她参加工作，现在在外省的一个小城工作。这次是请了假回家的，说好了回家五天。"

"那我们还真得感谢那姓王的人家。"刘大妈说。老刘头就问：

146

"那我们用什么感谢人家？"

儿子忙说："爹，妈，姐是我们家的亲生女儿，也是人家的养女。两头都不能断的。"

五天的时间很快就到了，老刘头舍不得女儿走，刘大妈更是依依不舍，但是女儿得回去工作。临走的那晚，刘大妈叫来红红："女儿啊，这次见到你，妈的病也好了许多。下次妈和你团聚不知是什么时候。这样吧，让妈也为你洗一次脚吧。"红红是做女儿的，当然不会答应，向弟弟小波求救。小波说："也行吧，让妈给你洗一次脚。"

小波也要上班，要和红红一起走。老刘头老两口将姐弟俩送到了镇上，看着汽车走得没了影儿，才回家来。

女儿找到了，刘大妈的身体也好多了，也不再抱怨身体不舒服，但是，她又多了一句挂在嘴边的话："我们的好闺女红红不知什么时候能回家看我们，我真想我们的女儿。"老刘头也想，但是他将这种念想埋在自己心里。

他们一想女儿，女儿就真的回来了。刚过去一个星期，红红又来看他们。这回是她一个人来的，儿子小波没有一块回来。红红给妈买了很多好吃的食物。刘大妈只在电视上见过北京的糖葫芦，就希望能尝尝味道，想不到女儿给买回来了。老两口享受着女儿带来的幸福，乐得合不拢嘴。两天后，红红又要回去上班了，老两口又是依依不舍。红红就说："爹，妈，我是您的女儿，我一有时间就会回来的。"就这样，每隔上十来天，有时时间更短，红红就会回来看看老刘头两口子。这一天，红红又回来了，给爹妈买来了一套健身器材。这可是村子里的第一套器材，大家都跑来看稀奇，连声说："还是老刘家的女儿好啊。我们的女儿没这么有孝心。"

　　一听这话，老刘头想起了儿子小波。小波自从上次和红红一块回家后，三个多月了，一次也没回家来看看。老刘头偷偷地给儿子拨了个电话。儿子小波听说后，忙放下手中的事，坐车从省城赶了回来。

　　小波一回家，就将老刘头拉到了一边问："爹，姐在这三个月回来了几次？在家生活了多少天？"老刘头有些生气："你小子不回来看我们不说，你姐回来了你还这样来问，你先问问你自己吧。我告诉你吧，我和你妈都记着呢。这三个月里，你姐一共回家八次，在家里住了十九天，给我们买了三次衣服，四次家用品，一次健身器材，比你小子强多了……"老刘头一下子像个机关枪一样说个不停，小波也不辩解。他找了个机会，将红红拉住："我想和你说会儿话。"小波先从自己的钱包里掏出钱，数了数递给红红："这是三千元钱，给你。算是这八次的酬谢。按照当初我们说好的，我请你来做我妈的女儿，一天一百元，十九天一千九百元，剩下的算作你买东西的钱吧，不够的话我再给你……"

　　红红怔在了那儿，好大一会儿才慢慢地伸出了手，接住小波递过来的钱。

　　下午吃饭的时候，大家发现红红不见了。老刘头打不通她的电话，他和刘大妈找遍了村子也没找着。最后老刘头在刘大妈的枕头上发现了一沓钱，还有一封长长的信。老刘头一把拉过小波，大声问："你说，这到底是怎么回事？"小波说："爹，妈，你们不用找了，我知道红红走了。"小波拿过那封信，念给老两口听："亲爱的爹，妈，我多么希望我能这样亲热地叫你们，我不是你们的女儿，但你们待我胜过了亲生儿女。三个月前，你们的儿子小波在网上发了求助帖子，希望有人能做他母亲的女儿，只做五天就行了。酬劳是一天一百元，我就报了名，成了你们的女儿。在那五天里，我真正感受到了做女儿的快乐。妈，您和我谈话，给我洗脚。于是，从第一次离开的那天起，我就暗暗地下了决心，要做您真正的女儿。所以这三个月来，只要我有休息时间，我就回来看看你们。我在省城的一个外企上班，月薪九千多元，所以我不是图钱。在我心里，你们就是我的爹妈。在我很小的时候，我妈就去世了，我爹也在去年离开了我。现在我的身边只有一个疼爱我的男朋友。我渴望得到一份真正的父爱母爱，可是小波却用钱将我击倒了……我只能选择离开……"

小波手中的信还没有念完，刘大妈就冲了过来："儿子，你赔我女儿，你赔我女儿……"老刘头拉住了老伴，安慰说："老婆子啊，你也用不着责怪儿子。在第一次女儿回家时，你不就知道红红是个假女儿吗？她离开的那个晚上，你给她洗脚，你知道我们的女儿右脚后跟有颗大大的黑记，可是回来的女儿没有。这肯定是个假女儿啊……"

"不！"刘大妈声音更大了，"她就是我们的女儿，比我们的亲生女儿还要亲。虽然她脚底没有那颗黑记，但她有一颗向着父亲母亲的心。儿子啊，你无论如何要替我们找到女儿……"老刘头眼里也满是泪水。

刘大妈更来劲了，大声地叫喊着："红红，我的女儿，快回家来啊！"

村子东头，他们看见远处有个人影在晃动。刘大妈高兴极了："走，我们一起去迎接我们的女儿吧。"三个人一起向村子东头跑去……

不是每一朵花开都需要理由

王国民

结怨

　　我之所以跟她结怨，是因为她动了母亲留给我的一个布娃娃。那一年，母亲刚刚去世不久，父亲带了一个年轻女人回家。那个女人打扮得花枝招展，看起来不像正经人。

　　我和弟弟正在客厅里做作业。女人一来，父亲就让我们喊雪阿姨，我和弟弟都鄙夷地转过头去。任凭父亲怎么呵斥，我们都无动于衷。父亲无奈地摇摇头，开始帮女人收拾房间。

　　我偷偷地在从门缝往里望，心里嘀咕：这个女人会住在我们家吗？那我们以后怎么办？父亲还会像以前一样爱我们吗？

　　有一天放学回来，我突然发现床旁的布娃娃不见了。我急了："我的布娃娃呢？"她立马从厨房里过来："是我，我看着太脏了，所以就扔了。"我的气便不打一处来，仇恨瞬时间占据了我的大脑，上前拽住她的衣裳，扯着嗓门哭起来："你赔，你赔，那是妈妈送给我的五岁生日礼物，你赔给我。"她手足无措地站了一会儿，忽然向外跑去，片刻又垂头丧气地回来。

刚回来的父亲，知道了原因，把我叫过去，吼我去睡觉。离去前，我突然狠狠地在她手臂上咬了一口。父亲生气地想打我，我早跑到房间里去了，而弟弟也相当配合地把门反锁。

父亲从没打算娶别的女人，因为他是如此地舍不得我们。可是这个女人一来，希望就破灭了，父亲整天就围着她转（虽然他们没有办结婚证），也不再关心我们。父亲变了，变得冷酷和严肃，在他眼里再也看不到以往的温暖和深情。"六一"儿童节，她带我们去逛公园。我们谎称口渴，让她给我们买冰激凌，然后趁机爬到了树上。看着她焦急地走来走去，到处问人，我们在一旁幸灾乐祸。终于她绝望地瘫坐到草地上，我和弟弟才有说有笑地迎上去，她一骨碌爬起来："我的小祖宗，你们跑到哪里去了？把娘急死了。"我大声说："你不是我娘，我的娘只有一个，你永远都没资格。"她的脸涨得通红，隔了会儿她咬牙切齿地说："好，你们有种，有种从此自己把自己管好，不要我操心。"很多人都围过来看热闹，我朝她吐了口唾沫，抓着弟弟的手扬长而去。

偷了父亲的鞋

自那之后，我和她的矛盾更尖锐了。我牢牢地记住了她的话。他们吃饭的时候，我和弟弟在外头玩。等他们吃完了，我们就去做饭，有的时候干脆在邻居家蹭饭吃。晚上，我和弟弟也从不踏进他们的房间。整个家死气沉沉的。父亲一天到晚都唉声叹气。好几次，父亲走进我们的房间，见没人理他，又只好默默离开。父亲的烟瘾也越来越大，常常一个人坐在门外抽着闷烟，望着远方，一坐就是一个晚上。但这不能并化解我对她的仇恨，我从没喊过她阿姨。我恨她，恨她从我们身边夺走了父亲。

那次她外出演戏，父亲就在家里等她。因为我作文比赛拿了全市第一，父亲的脸堆满了笑。她回来的时候，带了很多礼物。我去开门，她顾不得进来就说："文儿，我给你买了件新衣服，很漂亮的。"我嘴一翘，不屑地说："我才不稀罕。我有一件，妈妈给我买的。"父亲赶紧圆场："文儿，阿姨也是一番好意，再说了，妈妈买的那件衣服都三年了，该换件新的了。"我生气地朝着父亲嚷："爸，你怎么能喜新厌旧呢？你让妈在天之灵怎么安息？"我话说得太重，爸爸的脸一下子变得苍白。他把手举起来，我却毫不畏惧："妈妈临终前，你在她面前发过誓，说从今以后不再打我们，难道你忘记了么？"她却哭着往外跑，背影凄凉，在秋风中一阵抖索。

父亲起身想追她，但找遍了鞋架，却只有一只鞋。原来弟弟早趁他去洗手间的时候，藏了一只鞋。父亲只好蹲下来，低声下气地说："文儿，你快告诉爸爸，另一只鞋子在哪？我回来给你们买肯德基。"我说："妈妈说过肯德基是洋垃圾，叫我们不要吃。"父亲生气地站起来，也顾不着再找鞋，开门就往外跑。

我和她一起住了这么多年，却从来没好好说过一句话，也没给过她好脸色。有时我也在想，是不是自己做得太过分了？

她要做我的保护神

我上初三的那一年，学校通知要开家长会，父亲正好到外地出差。我只好厚着脸皮去找她，没想到她爽快地答应了。我看了她一眼，小心谨慎地说："你要答应我，不能在老师面前说我坏话。"她应允。

但说坏话的不是她，而是老师。因为我最近上课表现一直不好，老师一股脑地把不满全倒给她。她不停地跟老师道歉，说会加强对孩子的管教。离开前，老师好奇地问："看你的年纪，不像他的妈，倒像姐姐。"她亲昵地挽着我说："我怀他的时候才十六岁。"老师哦了一声，尴尬地笑了。

跟她聊天才知道她是外地人，被骗到这里做坐台小姐。是父亲解救了她，所以她一直心甘情愿地跟着父亲。那个时候，我已经明白坐台什么意思。可不知道为什么，我心里没有一点看不起她的意思。我问："那你们什么时候补办个婚礼啊？"她一脸惊讶地看着我，不敢相信我说的话。我又重复了一遍，她突然紧紧抱着我："文儿，我真的没听错吧？你不再反对我们了？我真的太高兴了，有你这句话，我受再多的苦也值。"

父亲回来时，我找他谈话："雪阿姨都跟了你这么多年了，你应该给她一个名分。"父亲先是惊讶地望着我，继而僵在那。他有些手足无措地说："文儿，这是大人的事，你别瞎操心。"她一直在那偷听，我出来的时候，她转身想进去。她的眼有点红，像是哭过。我喊她："我肚子饿了，能不能给我烧几个菜？"那个晚上，我耳边总是响起她无奈又失望的叹息声。

因为最近治安不好，她劝我不要走小道回来。但我还是在一处偏僻的小道上被歹徒拦住了，钱被抢走，还被打得鼻青脸肿。她心疼地给我擦红花油，然后说："明天开始，我来接你。"

她果真在校园门外接我，我出来的时候，她挽着我的手就往前走。之后的几天，都平安无事。但有一天，我们被歹徒拦住了，居然还是上回的那些混混。她突然从包里取出一把水果刀来："要是有种，你们就放马过来。"

对峙了一会儿，一个小混混说："你有病啊？谁跟你玩命？"说完灰溜溜地跑了。我们把这件事告诉父亲，他躺在床上，笑得合不拢嘴。等了一会儿，他紧紧抓住我和弟弟的手说："孩子们，爸爸这些年对不起你们。"那个晚上，父亲开心地给我们炒了一桌子菜，我敬他一杯酒说："爸，以后别抽烟了。我们都大了，不再是以前那两个伤你们心的小毛孩了。"爸爸的眼里噙满了泪水，脸上却笑开了花。后来我才知道，爸爸之所以没有和她结婚，是怕我们反对，也觉得对不起死去的妈妈。我想如果母亲真的在天有灵，看到我们不开心，她也会难过吧。

迟来的婚礼

高中时，由于课很多，我只好住校。她基本上每周都会来看我，带着她亲手炖的鸡汤。寝室里的同学也很喜欢她，因为大家都可以吃

154

到她带的好吃的。

　　人心真的很奇怪，以前我是如此地恨她，恨她抢走了我的父亲，而现在却又是如此地喜欢她，甚至在很多问题上，我都坚定地和她站在同一战线。

　　几次我和父亲商量补办婚礼的事，父亲都不表态。我知道父亲是嫌她的出身，怕人家说闲话。我说："她是一个很正经很好的女人，何况人家把青春都献给了我们家，再怎么着也应该给她个名分。"父亲不和我争执，只是默默地思考着什么。论理，我知道他是说不过我的。

　　忽然有两周，我没看到她的影子。我急了，打父亲的电话才知道她回了老家。好好地，怎么说都不说一声就回去了呢？父亲经不起我的软磨硬泡，只好说出实情："她是被气走的。"我说："那我请假去接她，我不能没有她。"父亲惊讶地看着我，半晌才说："儿子大了，心都向着外面了。"我说："正是因为我不想向外，我才要这么说。我们王家亏欠了她太多。我想等把她接回来，应该给她补办一场迟来的婚礼。"

　　再次见到她的时候，是在酒店。她穿着婚纱出现在我的眼前，我笑着说："我今后是叫你妈妈呢还是姐姐呢？"她佯装生气地过来打我："别把我叫得那么老，我还没三十呢。"父亲就笑，眼角眉梢都是幸福的味道。

　　那天回家，我眉开眼笑地告诉她："清华大学自主招生的面试我通过了，他们同意高考降 60 分录取我。"她忽然哭了。我说："哭什么呢？应该高兴才是。"她说："我就知道你一定会有出息，所以我一直守着你们家不肯离去。"我说："以前是我错了，等我有出息了，我要买套大房子，好好孝敬你们二老。"

她病房里的花都开了

我高考的前一个月，她病了。因为忙着复习，我只看过她一次，她摆了一盆仙人掌在病房。她说她这盆仙人掌陪了她近二十年了。她又说一直喜欢仙人掌开花的样子，姹紫嫣红，分外美丽。可我是真的怀疑仙人掌是否会开花。

考试结束的第一天，我和室友买了香蕉去看她。一进病房我忽然就呆住了，仙人掌开出了娇艳的花朵。尤其是那朵粉红色的大花朵，直径五六厘米。我剥好香蕉喂她吃，我说："仙人掌怎么会开花呢？"她却说："不是每一朵花开都需要理由。"

我脑海中忽然像拍电影般浮现起这么多年的恩恩怨怨，我也终于明白了她的意思。原来，爱，她对我的爱，正如我对她的爱一样，一直不曾离去，也并不需要理由……

有一种乐器叫拐杖

　　德福终于找到了一套大一点的出租房，性价比也高，非常符合德福的要求。两口子都刚从乡下调进城不久，什么花销都得计划着来。

　　以前，德福一直住在一间黑咕隆咚的单间出租房。老婆整日抱怨不方便，没有厕所，没有厨房。那怎么可能方便？一个大杂院，三层楼，十几间房围成一个筒子楼。每一间房里都住着人，全是进城的农民工，拖家携口。巴掌大的筒子楼住着十几户人，真是挨肩擦背，水泄不通。

　　德福有午休的习惯，每天中午必须睡觉。哪怕只是十分钟，晚上就算工作到十二点也不会疲倦。要是中午不休息，整个下午和晚上，睡意都会时刻缠着他，像个难缠的债主，甩都甩不掉，就别指望有精力做什么了。

　　在那个小筒子楼里，午休是德福的噩梦。每次他刚进入梦乡，隔壁吵孩子的，打扑克的，划拳喝酒的，两口子闹分裂的，调情的……那些乱七八糟的声音总把他美丽的梦敲得支离破碎，让他苦不堪言。

　　德福憎恨那些无所顾忌大声喧哗的家伙，尽管那些人在德福眼中

157

善良得不能再善良。但谁打扰了他的午睡，他就与谁不共戴天。德福对他们的好感正在一天天消退。由于长期不能正常午休，德福发现自己神经有些衰弱。

德福楼上住着精力旺盛的两口子，男的是搬运工，女的是调灰浆的，都在建筑工地上当零工。男的喜欢穿木屐拖鞋，女的很少脱掉高跟鞋。要知道，这座楼房的楼板太薄了，别说是拖地的摩擦声，就是掉一根针，也能原声传给楼下。"踢踢踏踏"的声响常常将德福从梦乡驱回现实。

德福只能心里烦，不能埋怨他们，更不能指责他们。要知道，中午正是劳累了半天的农民工享受生活，放纵自己的时候，谁好意思去制止他们？再说怎么制止？是像老实人一样求他们？还是像泼妇一样两手叉腰地骂人？但这些虎背熊腰的人哪是德福惹得起的？有几个每天闹得最凶的民工媳妇，泼辣得像《红楼梦》里的凤辣子，甚至比凤辣子还厉害，因为凤辣子不爆粗口。这些女人就算骂她们的老公，也能嗓音尖锐，一句不重复地骂两小时，把男人骂得狗血淋头。男人们挨骂时大多蔫头耷脑，左右躲闪，那么小的空间，他们哪找得着藏身的地方？只能使劲把头往两腿之间钻，恨不能拉开拉链钻进去。

搬离那个大杂院，过去的就过去了。德福总算是脱离苦海了，这毕竟是一个新起点，他开始计划怎么安排新生活。小家庭生活方便多了，有厨房，卫生间，客厅，卧室和书房，还有24小时供应的热水……

搬了一整天家，德福觉得骨头都散了。筒子楼喧嚣的声响早已远去。德福耳根清净，备感欣慰。吃着老婆烧的香喷喷的饭菜，洗了个澡后精神抖擞。晚上，两口子偎依在宽大的卧室里，气氛温馨，似乎又回到刚结婚的时候。他们开始憧憬新的生活目标——买房！

中午，老婆一般在学校休息。德福乐得一个人午睡，无人打扰。才看两篇短小说，眼睛就睁不开了，他打算好好享受午觉。他扔掉小说，打个哈欠，伸个懒腰，钻进被窝，耳边一片宁静，十分惬意。银子花得多，生活品质就是不一样。

德福放心地睡了。蒙蒙眬眬中，他一边睡一边想：中午好好睡，下午好好干，精力充沛地投入工作，早些把买房的钱赚够，然后再买车，再自驾游……在德福的意识中，午睡不仅关乎下午的工作，还关乎前途命运，关乎今后的幸福……德福的思绪像烟囱里的烟一样慢慢散了。开始还能聚着，但最终飘呀飘，飞远了……

突然"哆哆哆"……一声声，果断而执着，像重磅炸弹一样，一颗接一颗地从天花板上扔下来，把德福的美梦炸得粉碎。德福被吓醒了，好像一个孤零零的人陷入了敌人的包围圈，前后左右都被黑洞洞的枪口指着，一不留神子弹就会从四面八方射进他的身体。他的心脏扑通扑通狂跳，仿佛不是在自己体内，而是被吊在万丈悬崖上荡秋千。浑身冰冷的德福圆睁着双眼，死死地盯着天花板，想寻找那罪恶的源头，咒骂那该死的声响。

"哆哆哆"，一声声，毫不减弱，从天花板的左边一路响到天花板的右边。接着再从右边响到左边，振聋发聩。德福等呀等，盼呀盼，心想你总有个累的时候。终于声音停止了，德福重新开始入睡，

159

但是却怎么也迈不进梦境的门槛。

德福坚持着，一天、两天、三天……后来竟天天如此，只要德福刚进入梦乡，那个被德福咒骂了无数次的哆哆声就会准时响起，像故意与德福作对似的。德福快崩溃了，他不能再忍。他必须解决这个问题！

那是第七天的中午，忍无可忍的德福终于爆发了。他从床上蹦起来，衣衫不整，摔门而出，杀气腾腾地冲上楼，怒气冲冲地拍打楼上那家人的门。半天，没人开门，只听到屋里有哆哆的声音，由远而近。门终于开了！此时的德福满脸愤怒，满腔的怒火终于找到了倾泻的出口。如果他怀里有一把狙击枪，他一定会向那扇罪恶的门里一阵狂扫……

当门内的情景真正出现在德福眼前时，德福张口结舌，怒火也在一瞬间消失。德福像一个做了错事的孩子，结结巴巴地说："对……对不起，敲……敲错门了。"

门里有一位老奶奶，她一条腿支撑着身体的重量，另一条腿无力地蜷缩着。老奶奶右腋下拄着一根木拐杖，她努力平衡着自己，满脸慈祥地望着德福说："孩子，我知道你刚搬来，住楼下，现在是邻居了，敲错了也不打紧，进来喝口水吧。"德福忙说："不，不打扰了！"

德福看到了那根曾让他险些变得丧心病狂的拐杖，纯木结构，做工极为粗糙。但拐杖的末端，却用棉布厚厚地、紧紧匝匝地缠了一大团，包得像一只漂亮的马蹄。显然，这样做的目的是尽量减弱敲击地板的声音。看来老奶奶已经考虑到影响了，在拐杖上做了消音处理。

怪不得德福在楼下听不出到底是什么声响，声音只是沉闷顿挫。

这时，一个背着书包的小男孩从楼下跑上来。他老远望见奶奶，脸上瞬间笑成一朵鲜嫩的花，在门口张开手臂抱了奶奶一下。尽管是象征性的，但看得出他和奶奶十分亲近。奶奶也回抱他，然后她指着德福，做了个手势。小男孩长得眉清目秀，望着德福，甜甜地笑笑，用手指指屋里。德福看懂意思了，是请他到屋里。德福摸着小男孩的头，对老奶奶说："您孙子真是个乖孩子。"小男孩进去了，把书包放在靠墙的桌子上。

老奶奶悄悄对我说："这个孙子是我捡来的，很乖，不淘，最爱学习，成绩好着呢，是个很懂事的乖孩子。但他听不见，五年前我在广场上锻炼的时候捡的。那时他才不到两岁，睡在垃圾堆里，冻得瑟瑟发抖，却没有一丝哭声。我以为他把嗓子哭哑了，捡回来好些天才发现他什么也听不见！我把他带回来，儿女们不理解，说我行动不便，再捡个孩子怎么办，何况是个又聋又哑的孩子？最后儿女们一个个都搬走了，就剩下我这个老婆子和这个小家伙了。"

老奶奶回头望了一下正在做作业的小男孩，面上露出幸福的笑容。

见德福盯着自己的拐杖，老奶奶解释说，她蜷缩着的那条腿患了重风湿，前几年就不管用了。但挂拐习惯了，走路也没有太大的妨碍。她每天清早从菜农手里收菜，一瘸一拐地赶到菜市场去卖。中午赶回家给小家伙做午饭。下午，小家伙上学后，她出去捡垃圾。她说她要趁现在还走得动，给小家伙上大学多攒点钱……

不知什么时候，几滴泪水从德福眼眶滑出，久违的感动涌上心头。下楼后，德福心潮起伏，久久不能平静。

　　自此，每天中午，德福在哆的声音里睡得很踏实，睡得很香。哆哆哆的声响，已经成为德福的催眠曲。他知道老奶奶在楼上制造的每一个哆音，都是为小男孩敲的幸福的音符，爱的乐曲。德福希望这种哆音一直敲下去，敲到小男孩上大学，敲到小男孩成为顶天立地的男子汉……

　　每天午睡，德福都期待哆的声音响起。只要哆的声音响起，就说明老奶奶很健康，小男孩的生活充满希望。德福甚至想哪天老奶奶拄不动拐杖时，他会把小男孩接过来，为小男孩撑起一片蓝天！

妈妈做的棉布鞋

树上的叶子刚刚开始泛黄，母亲便忙活洗晒被褥，絮棉袄棉裤，还要为他做一双结实又暖和的棉布鞋。那时，他几乎是母亲生命的全部。

父亲撇下他们娘俩过早地离世，人们都说他家的天要塌下来了。但母亲咬咬牙，让自己站在父亲所在的位置上。他感觉生活里并没有缺少什么。就像母亲每年为他所做的棉布鞋，总会让他与别人一样，一路暖暖地度过春天。

很小他就是个懂事、听话的孩子。并不是母亲有多严厉，而是他时时感觉身后有双小小的淡褐色的眼睛在望着他，那双眼睛已将世界上所有的泪都流尽。他不能再让那双眼睛落下一滴泪来！第一次考试，他拿回家两张"双百"试卷，那双眼睛望着他笑了。第一次他捧回来一张奖状，那双眼睛里溢出幸福的泪花……此后，他的小学、初中、高中和大学，都在那双眼睛的默默注视下读完了。

结婚之后，他将母亲接进了城。他想要报答母亲，让母亲享享福，但母亲似乎更忙了。

最初母亲替他们照看儿子。他与妻子都很忙，下班走进家门，母亲早已做好了饭菜。有几次，他不安地说："妈，以后饭菜我们自己弄吧。"母亲斥责他："做几顿饭能累着妈吗？你妈才没有那么娇贵呢。"后来，儿子上了幼儿园。他想这下母亲该好好歇歇了。

但母亲的手是闲不住的。不是给沙发上用碎布拼几块坐垫，就是为儿子做一双虎头鞋，一件罩衫。每天下班回家，他都看见母亲在忙这忙那。他说："妈你歇歇吧。"但母亲微微一笑，说："妈已习惯了做些什么。"

有一年快入冬时，母亲说要为他做一双棉布鞋。他笑说："现在谁还穿那么土气的棉布鞋？"母亲白了他一眼说："谁穿？你小时不是一直穿吗？"后来，母亲真的从衣柜里翻出一双鞋底，又从街上买回来棉花。不几天，一双结结实实、暖暖和和的棉布鞋便做成了。

看到麻绳纳的鞋底，棉花絮的鞋面鞋帮，在城里长大的妻子开玩笑说："明儿就穿出去，让人看看你穿的是不是件文物？"他想要是他穿出门的话，办公室里那一帮热衷时尚的人不笑掉门牙才怪呢。最终，他没有穿那双棉布鞋，倒是让儿子做了他做游戏用的"鸟窝"。

母亲是在儿子上了初中那年走的。那些年，每次回家他总能看见母亲坐在客厅的一角，戴着老花镜缝缝补补。见他们回家，母亲像怕人看见似的，立马收拾了自己的活计。

整理母亲的遗物时，他发现母亲的衣柜里整整齐齐码着十几双棉布鞋。有的是给孙子做的，有的是给妻子做的。但更多的，是给他做的。妻子抚着一双双暖和的棉布鞋，忽然一下子哭出了声。后来，冬天到来时，他每天出门都要穿上一双棉布鞋。

他走在街上，西装下的那一双棉布鞋，总会招来大家好奇的目光。有人开玩笑问："返璞归真吗？"也有人一本正经地问："是不是西装配棉布鞋是一种很另类的时尚？"他不置可否。

他想在这座城市里，恐怕没人知道他脚下那一双笨笨的棉布鞋，是谁一针一线做的？又是用怎样一种心情做的？

大哥的麦地

黄鸟叫的时候，麦子就熟了。

遍地的麦子，像一片金黄色的海浪。在五月热风的吹拂下，故乡的村庄似乎也在轻轻摇晃着。村庄里飘着一种很好闻的麦香味。我就是嗅着那诱人的麦香味，从远方的城市回到故乡帮爹收麦子的。爹说："麦熟了，回来得正好。"抽完我敬他的一支烟，爹又说："明早天麻麻亮的时候咱就割麦。"

说是割麦，其实大家老早不割了。麦熟的时候，村庄外面的收割机一台接着一台，跟司机打声招呼，一两支烟的工夫，一地麦子就变成了一袋袋黄灿灿的麦粒。不要说割麦，现在村庄里那些年轻人，极有可能连镰刀把都没摸过。

但大哥喜欢割麦。麦熟的日子，大哥早上什么时候起床的，我一点都不清楚。帮爹做熟了早饭，大哥蹑手蹑脚地走进堂屋，一把揪住我的耳朵喊："懒虫快起来，太阳晒到屁股了。"我脑壳里像是钻进了一只瞌睡虫，呜呜噜噜答应了一声。大哥一松手，我倒头又睡着了。大哥急急忙忙地说："早饭在锅里热着，我和爹割麦去了。"

等我揉着惺忪的眼睛走到地头时，大哥和爹早割了一大截麦子。大哥割麦的样子像爹，双脚摆开架势，身子往前一弓，挥舞起镰刀来。嚓，一镰。嚓，又是一镰，动作既麻利又好看，镰刀割出的麦茬既低又干净。我握着镰刀，刚割过几镰，就被麦芒刺得手腕又痒又疼。我直起腰望望天空，天蓝得像一块钢蓝色的水晶。太阳挂在头顶，毒辣辣的阳光倾泻在我的脸上，像针扎一样疼。大哥回头看我，咧嘴朝我笑笑说："红娃回家给爹端壶茶水去。"我扔下镰刀，转身就往地头的树荫里跑。爹没好气地说："红娃学学你大哥，看你大哥咋割麦！"我听见大哥笑着对爹说："红娃还小。"其实，大哥比我大不了多少，满打满算，大哥只比我大两年零三天……

　　第二天清早，跟开收割机的司机打了声招呼，到晌午，爹的二亩多麦子就变成了一颗颗黄灿灿的麦粒子，晒到了村庄外面的麦场上。不到三天时间，田野里的麦子就让那些轰鸣着的铁家伙给收拾干净了。田野一下变得空阔起来，村庄南面的土塬从田野上显露出来，像一道黄褐色的屏障，在田野尽头连绵起伏着。

　　我做好晚饭叫爹吃饭时，发现爹正一个人蹲在庄南塬顶的一块麦地边，默默地抽着烟。

　　这是我家距村庄最远的一块地。现在周围的麦子早收割了，只剩下我家的麦子孤零零地站立在南塬塬顶上，像是一朵从天而降的金黄色的云。站在南塬塬顶上，可以望见远处绿树掩映的村庄，还可以望见从村庄通往远方的柏油路。

　　那一年，我们在南塬塬顶上割麦。割着割着，大哥忽然对爹说：

"爹，麦割完我就打工去了。"爹愣了半晌，问大哥："你不念书了？"大哥说："让红娃念吧。"大哥回头看我时，我看见大哥眼里扑闪着亮晶晶的泪花。大哥考上了高中，我考上了初中，娘刚过完年就去世了。但先前为了给娘治病，爹欠下了一屁股的债……

我走到爹身边，问爹："麦割吗？"爹抬起了头，揉揉眼睛说："咱再等等。"塬顶上的麦子早熟了，一棵棵麦穗黄澄澄沉甸甸的。风一吹，发出窸窸窣窣的响声。

我要去远方的城市了。我临走的前一天傍晚，爹磨好了三把镰刀，说："红娃，咱割麦去。"

我和爹来到庄南土塬塬顶上。走到地头，爹弯腰割了一把麦，然后将镰刀放在麦棵子旁边。紧接着，爹从怀里取出一沓黄纸，抖抖索索点着了。爹说："祥娃，回来吧。"之后又说："祥娃，咱一道割麦。"阳光像红红的火舌，舔着爹那张沟壑纵横的脸，他的脸上，满是黏糊糊的泪水。

祥娃是大哥的乳名。

那天，大哥在南方的建筑工地打工，不慎从工地脚手架上跌落下来，一句话没说就走了。大哥的骨灰，就埋在故乡村庄南塬塬顶——我们家的这片麦地中。

我和爹拿起了镰刀，弯下了身子，开始割麦。嚓，一镰；嚓，又是一镰。

割着割着，我忽然闻到了大哥身上那种亲切的汗腥味。

醉酒的父亲

罗从政

醉酒的不是我，是我敬爱的父亲。

父亲喜欢喝酒，但平时很少喝醉。并不是因为他酒量大，而是他具有成年人所拥有的自控能力——酒量再大，只喝八分。这次父亲怎么就喝醉了呢？

这天家中来了客人，他们不是一般的客人，而是乡烟站的全体工作人员。烟站不属于国家单位，只是县烟草公司派到本地指导烤烟生产和收购的工作站。可对于父亲这样一个纯粹与土地打交道的农民来说，小镇上的任何一个工作站都有着某种神圣的意义。这几年我家一直是烟草大户，父亲和烟站的人员都很熟，而熟人之间最能联系感情的莫过于酒席。酒席上喝酒、吃菜、拉家常，无论是公事、私事都好办了许多。

今年，我家延续了往年的经济路子，因为烤烟种植面积大，所以我们很注意维持与烟站的这份感情。这样的年份，家庭的收入一方面取决于烤烟的质量和数量，另一方面取决于这几位"财神爷"的心情。想到马上要收购烤烟，父亲就急着找时间与烟站人员聚一聚。

父亲虽是个农民，也算是久经世事，明白怎样在酒席上形成"鱼水"之情。酒宴是在自家举行的，以农家菜、农家酒的乡村风味为主，却胜过豪华饭店的酒席。品味过高级别盛宴的人，偶尔吃一顿淳朴的乡村风味，那才是真正的享受呢。

　　被限制家庭外交的我没有加入酒宴，只是以服务员的身份往来于酒桌和厨房之间。每次听到他们爽朗的笑声，我都不禁为父亲宴请成功而感到高兴。同时也为父亲作为一个在土地里打磨的"地主"，能与这些人促膝长谈而有一种莫名的自豪感。所谓自豪感，不就是在不同身份地位的比较中生出的么？

　　酒席间很热闹，大家都很赞赏父亲的豪爽。为了激起客人的酒兴，有时客人喝一杯，父亲就自己喝两杯。父亲知道酒喝得好不好关系着客人的情绪，自己牺牲一点没什么，为了生活一切都显得那么微不足道。

　　将要散席时我意识到父亲醉了，言词有些不着调。他似乎忘记了自己是个农民，把客人当成了田间的伙伴，话题越扯越远。客人显得有些不耐烦，先后站起来要走。父亲强行挽留，说让我收拾完桌子后，他们一起打牌热闹一会儿。我对父亲虽醉却心明如镜，深谙交往之道感到钦佩，可父亲毕竟醉了，酒后多言，而且说的都是重复的。我收拾着桌子。客人谢过父亲挽留的好意，坚持要走，声称改日再来尽兴。父亲打算站起来送客，没等直起腰来就重重地摔在椅子上。我赶忙上前扶父亲坐下："你歇一会儿吧，我去送客。"出门时我见父亲眼睛微闭着靠在椅子上，依然喋喋不休。十几年来，我第一次亲眼看到父亲醉酒的窘态。

　　几句客套话后我送走了客人，回来时发现父亲已倒在地上，人事不省。我和母亲把他扶上了床，给他盖上被子。他应该是感到很热，不时地抖掉被子。父亲不断地呻吟着，中间还夹杂琐碎的话，似乎在倾诉醉酒的痛苦，又似乎在表露宴请的喜悦。我担心父亲会吐酒，拿了一个盆放在床前，示意他如果想吐可以吐到盆里。他完全意识不到我在喊他和推搡他的胳膊。父亲，你怎么醉成这样？看着父亲沧桑的面容，一阵心酸涌上我的心头。父亲的酒性发作，呻吟愈来愈强烈，我感到父亲的心在不停地挣扎，抽搐。我没喝醉过酒，但父亲的表情却如心脏病发作，几乎是生不如死。

　　我搬来椅子坐在父亲的床前，默默地看着挣扎的父亲。他突然翻起身来，我忙起身询问是否要吐。但他嘴里只是不时地冒出几句席间说过的话。父亲彻底醉了，他痛苦的样子让我心如刀割，那是比肉体的痛更难以忍受的疼痛。我有些哽咽，深深地叹了口气，不忍再看父亲的表情。

　　父亲才四十岁就已被岁月侵蚀得满脸沧桑。当年小学都没毕业的他白手起家，住在无人问津的深山谷，十几年间从一个土层掘到另一个土层，始终坚守着土地。虽然依旧是农民，依旧没有改变面朝黄土背朝天的命运，但使我家的生活条件改变很多。这其中包含着多少辛酸与苦楚！父亲既不是靠运气谋生，也不是"做一天和尚撞一天钟"，家里的一切都是靠他那双长满厚茧的手打拼出来的。我作为父亲的儿子，也已经十八岁了，却只能眼睁睁地看着自己的父亲被生活

171

的重担压得唉声叹气，我于心何忍？一种深深的愧疚感萦绕在我的心头。

父亲剧烈的呻吟声打断了我的思绪。那声音如同母亲在寒夜中呼唤自己的孩子，如无数的针尖刺在我的心上，扎入我的脑中。我尽力克制，泪水还是落到手上："父亲，你休息吧！儿子已经长大了。难道一定要等到现实的担子把你压垮，你才停止奔波吗？我明白，即使你被压垮了也同样会站起来，因为你已经站起来过无数次了。"

我的思维被父亲的手机铃声打乱，悦耳的铃声在此时显得那么刺耳。手机就在父亲的腰间，他却毫无反应。我缓过神来：父亲已被酒精侵蚀得神志不清。我便伸手去接电话，凑巧的是电话是学校打给我的，学校告诉我一个喜讯——我被大学录取了。对于一个学生来说，这是多么大的好消息啊，可我却怎么也高兴不起来。谢过学校的祝贺，我放下电话，泪如泉涌。可惜父亲不能在第一时间听到这个让他振奋的好消息。我还是告诉他："爸，我考上大学了。"父亲除了晃动了一下身体外，没有任何回应。我静静地守候在他床边，期待着父亲醒过来，亲口告诉他这个消息。

父亲依然安静地睡着，呻吟声不知何时消失了，但脸上的表情却很痛苦。

从那天起，这表情成了我对父亲最清晰的记忆。那天注定是个值得铭记的日子。与父亲相处十多年，我第一次真切地触摸到父亲的内心。以至于现在回忆起来，我想起的不是那个红艳艳的大学录取通知书，而是那副无法用言语描述的痛苦面容。

母爱像首歌

—牛 虹

听村里老辈们说母亲打小嗓子就好，人也长得水灵，是十里八乡出了名的百灵鸟。那会儿，在山花烂漫的山坡上，流水潺潺的小溪边，到处飘荡着母亲鸟啭般美妙、清亮的歌声。

母亲没读过书，年少时就背负起家庭生活的重担。因受家庭拖累，到快成老姑娘时，家人才同意她与父亲的婚事。婚后的母亲依然爱唱歌，生活中总有母亲的笑声。素淡、清苦的生活，在性格开朗的母亲眼里也充满着幸福和甜蜜。

上一辈只有父亲一个男孩。在母亲生了我和大妹后，思想守旧的奶奶在暗地里给父亲施压，似有不生男孩不罢休的气势。小妹出生后，倔强的母亲偷偷到乡医院做了结扎手术。盼孙心切的奶奶得知后，如遭晴天霹雳，她大骂父亲不孝，闹着要一人单过。敦厚、木讷的父亲夹在婆媳间左右为难，但通情达理的母亲一如既往地孝敬着奶奶。之后，生活的重担让母亲失去了歌声和笑声。依稀记得大妹小时，母亲经常哼着歌哄我们睡觉。母亲的歌声比什么都奏效，先前哭闹的我们一听到她的歌声，很快就能进入甜美的梦乡。

我们的山村处于群山绵延的山洼里。平日，云海静谧，竹涛阵阵。多少年来，山村一直都很闭塞，但民风淳朴，人们安然自足。

多年来，我们一家人靠着六亩贫瘠的山地生活，可谓是靠山吃山，日子过得十分艰难。忙完地里活的男人们上山采石头，女人们将男人采下来的石头挑到公路边，卖给山外来的商人。我十二岁那年，父亲在一次开山爆破时永远离开了我们。那段时间，破碎的家好似大海中漂泊不定的孤舟。奶奶终日以泪洗面，不谙世事的我们表现得木然、无助。只有母亲在悲痛之余，坚强地用柔弱的双肩和结满老茧的双手为我们撑起另一片天空，让苦难的我们紧紧地拥抱在一起。

有好心人劝母亲趁年轻时改嫁，不然一个女人想养活这一大家子太困难了。母亲一一谢绝他们的好意，说我们一大家子到哪都是累赘。这让一向对母亲有成见的奶奶很是感动和愧疚。

四十岁出头的母亲显得比同龄人苍老许多，身子瘦弱得像秋风中的落叶。我在家里是老大，向母亲提出辍学的想法，想帮她一同操持农活。没想到我这一说，气得母亲直哆嗦。她责骂我没出息，说这辈子她尝够了不识字的苦，只要她还有口气，就要供我们读书，让我们做有文化的人。

母亲像牛一样拼命地做着地里的活。每天凌晨星星满天时，她已做好早饭下地干活去了。中午我们将饭给她送到地里，直到晚上月亮高挂半空时，她才拖着极度疲惫的身子回家。农闲时母亲还要到石场做小工。自从父亲走后，母亲像变了个人似的，我们看不到她年轻时的影子，也听不到她的笑声和歌声了。只有在我们取得好成绩时，她憔悴的脸上才稍微露出一丝苦涩的笑容。

　　十八岁那年，为了减轻家里的负担，我报考了师范类院校。当拿到省师范大学录取通知书时，家人一阵欢呼，而后眉头却拧在了一起。那笔学费对于我们贫寒的家庭来说是个天文数字。那晚，母亲破天荒地早早从地里回来，我们围坐在桌边沉默不语。望着灯下愁容满面、头发花白的瘦弱母亲，我几次想提出放弃学业。懂事的妹妹说寒暑假到城里打工挣钱，奶奶要我们安心忙外头，家务事由她一人打理。良久，母亲说就是砸锅卖铁也要供我读书。

　　在县里的助学捐款和母亲的东借西凑下，终于凑够了我第一年的学费。从此我走进了另一个五彩斑斓的世界。我除了刻苦学习外，业余时间做了几份家教兼职。做家教的钱只能勉强够我的生活费用，但大笔的学费还是要向家里要。大二那年，大妹突来电话，哭着说母亲为了攒够我的学费，不定期到医院卖血，这次因失血过多重度昏迷，现在住在县医院。

　　母亲瘦弱的身躯躺在洁白的床上，她的双唇没有一丝血色，灰褐色的脸像是秋天的枯叶。我用颤抖的双手轻轻地将起母亲的衣袖，只见她黝黑的，形如柴棒的双臂上布满了针孔。我失声痛哭起来，让泪水恣意地流着，一直流到我苦涩的心里。那一刻，我隐隐听见了儿时母亲唱的柔美的催眠曲。

　　这么多年来，母亲一直在用心血为我们唱着大爱无言的歌……

让我来暖你的脚

覃寿娟

又是一个天寒地冻的夜，我闭上眼听着外面呼呼的风声。时间仿佛在一点点地倒流。恍惚中，我感觉有人用双手把我冰冷的脚抱在怀里……

1

我没想到父亲是如此的绝情，母亲刚去世没半年，他就抛弃我跟着一个女人远走高飞，再无半点消息。

那天，饥肠辘辘的我怎么也等不到父亲回来。打开家里所有的抽屉，我找不到一分钱。再看看米缸，剩下不到一斤米。整个屋子空荡荡的，我的眼泪哗哗地流了下来，哭累了，我趴在客厅的饭桌上睡起来。这时门"吱"的一声响了，她走过来牵着我的手说："小妹，别怕，就算全世界的人都不要你，我要你，跟我回家吧。"她的手很粗糙，但很温暖。

她总是叫我"小妹"。我对她最早的记忆在六岁那年，在那个缺

176

衣少食的年代，青菜里很少看到油星儿，一个月见不到一块肉也是常事。但每个月总有一次，她会拎着半斤猪肉，欢天喜地地跑到我家，递给母亲说舅舅家买了一斤猪肉，她割了一半。每年壮家人的"四月八"，她会端来一锅香喷喷的五色饭。端午节，她送来散发着清香的粽子。别人给她的几个苹果，她一个也舍不得吃，全给了我们。

母亲得了白血病，她丢下了家务，片刻不离地照顾母亲。母亲病重的时候，她忙得一天只睡两三个小时，人很快消瘦下去。一年后母亲去世，她的头发白了一大半，一下子苍老了十岁。送母亲下葬的时候，她搂着我放声大哭，泪水湿了我一身，任谁都劝不住。痛苦像一座山压在我们心上，我们几乎肝肠寸断。最后我们永远地送走了母亲。

那一年，我十一岁。

2

我跟她回了家。当晚她把唯一一只正在下蛋的老母鸡杀了。那只老母鸡原本下蛋特别多，她舍不得吃那些蛋，全都用来换盐。她炖了一锅鸡汤，把鸡腿全都放我碗里。五岁的表弟嚷着要吃，她说："小乖乖，别闹啊，等咱有钱了，买好多的鸡腿给你吃。"我心一酸，夹一只鸡腿给表弟。她背过脸去许久才转过来，我看到她眼眶有些红红的。

收拾完所有的家务，已是晚上十点钟。她领着我到了她的房间。房不大，只够摆上一张床。她铺好了被子，被子虽然破旧却很干净。

"来，小妹，天冷，上床睡觉吧。"她把一只枕头放在她的脚边说，"睡到我的身边来。"我脱了外衣，躺在她的脚边，她替我掖好被子，用双手把我冰冷的脚抱在怀里。她知道我从小是个脚寒的人，特别在冬天，一双脚总是冰得厉害。我感觉她的身子颤了一下，却把我的脚抱得更紧了。她的怀里很暖，我的脚慢慢被焐热，我也沉沉地睡去了……

3

我的体质很弱，自小就被别人叫作药罐子。加上那年天气格外冷，我不断地感冒发烧。她找了好多的草药熬药水给我喝。药水很苦，我发脾气不肯喝。她耐心地劝我："小妹，喝吧，喝下去病就好了。"她端药的手青筋突起，皲裂得像松树皮。

药是喝了下去，可我的病总不见好，后来竟然高烧不退，呼吸急促。她慌忙把我送到了县里的医院。检查完毕，医生说："小孩肺部感染得很严重，晚来一天，怕是没命了。"

她的眼眶红了。医生说："交钱吧，要住院治疗。"

但是她急得团团转，去哪里筹这笔钱？病房里的我依稀听见她在走廊求医生的声音："请您一定先用药，我回家拿钱去。"

医生往我身上扎针，我昏睡了过去。睁开眼看到她正握着我的手，长长地舒了口气，脸上有了笑意。在她的精心照料下，一个星期后我出院了。

别人告诉我，她卖掉了戴在手上几十年的玉手镯。那个玉手镯是她母亲传给她唯一的一个信物，陪葬过先人，玉里有一丝细细的血线，十分珍贵。走村串户的货郎几次问她是否卖掉玉手镯，她都舍不得。

果真我没看见她手臂上的玉手镯，我问她，她说："小妹，只要你好好的，比什么都重要。"

我转过头去，不让她看到我眼里的泪水。

4

初中毕业后，我想都没想就报考了师范学校。因为读师范不要学费，而且国家每个月还提供伙食费。拿到录取通知书的那一天，她拉着我的手，哽咽地说："小妹，家里穷，没办法，真是难为你了。你成绩好先读着，以后有钱了，再读大学吧。"

她送我去学校，准备下长途客车的时候，她帮我将了将头发："小妹，不要太节约，要爱惜自己，该花的钱还是要花，天凉了要学会添衣……"那个动作像极了母亲。

九月的太阳还是像火一样热。车站和学校还有一段不短的距离，我们拿不出多余的钱打车。她用扁担一头挂着箱子，一头挂着我的衣物，往学校方向走。我说："我来挑吧。"她拎过东西说："我的身子骨还行，别让扁担压坏你。"

烈日下，我和她在人群中一前一后地走。即使没有任何行李，我也感到热得厉害。不一会儿，她的脸上全是汗，衣服也全湿了，连发根也能滴下水来。

我跟在她身后，看着她蹒跚的步伐。抬头，阳光刺得我眼睛好痛。

5

放假回到家，她正在院子里喂鸭，我发现她有只手绑着厚厚的纱布，用一根绳子吊在脖子上。看到我她显得很开心："你看这些鸭子都大了，你回来就可以杀来吃了。"

她知道我爱吃鸭肉。我没接她的话问："你的手怎么了？"她故作轻松地说："不小心摔断的，没事，医生说过一段时间就好。"

二十多只鸭子在她面前呱呱地叫着争抢食物。旁边的小房里，两头猪"哼哼"地嚷着，用嘴拱着猪圈，看样子是饿了。每次卖猪的时候，她都笑得很开心，用食指沾着唾液一张张地点数："小妹，看看，你的学费又有了。"

我抢过她手中的盆，跟她急："你以后不要干这么多活了，学校的补贴，我省着花基本够用。"鸭食里有切成一小块一小块的西瓜皮，我觉得奇怪："西瓜皮从哪来的？"她像个做了错事的孩子，讪讪地说："从街上捡的，鸭子吃得多。"已经十岁的表弟在一旁嚷："她是在拾西瓜皮时摔倒的，还不让我们告诉你，说怕你担心。"

晚上，我帮她换药。她摔断的那只手，肿得很厉害，五个手指弯不过来。躺在床上，看到她的脚底有一层厚厚的老茧。她说："人老

180

了就是没用，禁不起折腾。等你毕业了，我就不养了，现在家里状况你也是知道的。"

我无言，任凭她把我冰冷的双脚搂进怀里。

6

我工作后，父亲找上门来，要我跟他回家。我冷冷地看着他，像看一个陌生人。父亲忽然指着她大声嚷："你早就知道小妹是个聪明的孩子，知道她长大了会挣钱，你养她这么多年，不就是看中她的钱吗？"她愣了片刻，眼泪倾泻而出。这是母亲去世后，我第一次看到她那么委屈地哭。

我撇开父亲的手，上前抱住她。我盯着他，一字一句地说："当初你那么狠心地丢下我，我饿的时候你在哪里？我冷的时候你在哪里？我病的时候你又在哪里？只有她才是真正疼我的人。她为我卖掉了母亲的信物，她为我摔断了胳膊，她为我辛苦地操劳了这么多年。"

我控制住自己的眼泪，为她抹去脸上的泪水："是的，现在我挣钱了，可是她没有要过我一分钱。就算是我给她的零花钱，她都攒着说以后我成家了还用得着。这世上再也没有人如她这般爱我。你现在才跟我说回家，你不觉得太晚了吗？你放心，当你老了，我会履行法律赋予我的义务，给你养老钱。只是我们之间除了钱之外，再也没有任何关系。"

父亲瞪大了眼睛看着我，终于还是走了。也许他没想到多年前那

181

个瘦小的姑娘已经不再懦弱。而我知道了谁才是真正疼我的人。

晚上睡觉的时候，我第一次主动把她的脚搂在怀里。她的脚早已失去了弹性，硬得像一根木头。我说："你一定要健康长寿，你为我做了那么多，也让我有时间疼你。"一会儿，她的抽泣声就从床的那头传了过来。

病了两年后，她还是走了。我永远地失去了我亲爱的外婆。我一直不相信人有来世，但现在我多希望人有来世。如果上天有眼，就让我们来世再相遇。那时，我来做她的外婆，她做我的外孙女，让我来为她暖脚。

第五章

那座叫亲情的山，它一动不动的

父亲的箴言

张以进

张秋云十八岁那年有过很多很多的梦想：他想当一名作家，出自己的书；他想当一名教师，业余时间写诗作画；他更想当一名编剧，创作令人瞩目的电影剧本。可这一切，都因为高考失利而变得遥不可及。更让张秋云心灰意冷的是，得知他高考落榜，父亲冷冷地说："叔叔是泥水匠，你就跟他去学手艺吧。"

父亲的话伤透了张秋云的心。说实话，从小学到高中，张秋云的读书成绩都很不错，很多老师和好友都说他将来会有出息。可在那千军万马参加高考挤独木桥的年代，张秋云离上线差了二十多分。班主任老师说他的成绩挺不错，复习一年再考应该能考上。张秋云把高考成绩告诉父亲的同时，也把班主任的话说了一遍，可父亲却阴沉着脸色，过了好久才蹦出了一句让他去学泥水匠的话。

听完父亲的话，张秋云跑到二楼的小书房，关紧房门号啕大哭。学泥水匠，他就会像那些初中没毕业的家乡小伙一样，靠一双手打工去闯天下了，他再也没有机会靠读书改变自己的命运了。哭着想着，张秋云确实不甘心。吃晚饭的时候，张秋云再次向父亲提出明年去复习，如果没钱，借来的钱他可以自己去还。其实，张秋云心里清楚，下半年大哥要娶嫂子，这钱稍微省一点，他就能去复习了。可父亲听后摇了摇头，说不会改变决定。

父亲的冷漠让张秋云感到非常意外。从小到大，在三兄弟中，父亲都是最疼他的，不仅在生活上关心他，经常给他塞上几块零花钱，对他的学习成绩也很关心，经常会过问他的考试成绩。张秋云想，自己高考失败对父亲肯定是个沉重的打击，可父亲也不应该就这样让他告别读书生涯啊。

为了改变父亲的想法，张秋云悄悄地给班主任老师打了电话。班主任得知情况后，很快来到他家。父亲对班主任的到来感到很意外。不过，父亲很快琢磨出老师的意图。父亲先是说家里比较困难，实在没办法让张秋云再去复习；后来又说即使参加复习了，第二年也不一定能考上。一席话说得班主任很尴尬。张秋云在楼上偷听他们谈话，既气又恨，眼泪又不争气地流了下来。

半个月后，父亲特意把叔叔请了过来，让张秋云向叔叔敬酒拜师。望着父亲买给他的那只工具包，想到自己将要告别读书生涯，与平常的打工青年一样闯荡江湖，张秋云没有一丝一毫欣喜。只是机械地听从父亲的吩咐，给叔叔敬了酒拜了师傅。看张秋云不太好的脸色，父亲也没有多说，直到叔叔快走时，父亲边吸旱烟边说："我知道这样委屈你，可过几年你会明白的。不过，爸爸告诉你一句话，什么时候你都不要忘记：你无法改变世界，却可以改变你自己。"

张秋云没有回答父亲。可父亲的那句话，却让他在床上翻来覆去想了很长很长时间。

　　张秋云很快跟叔叔走出了山村，天南海北地找建筑工地干活。由于张秋云爱好文学的缘故，无论走到哪里，空余时间他总是不停地看书学习，顺便也写点文章。奇怪的是，叔叔对张秋云也不是很严厉，因此他的手艺一直没什么大的长进。

　　第二年，张秋云在一座城市打工，千里之外的父亲从家乡打电话过来，说母亲病重去世。叔叔给了张秋云一笔钱，让他赶紧回家。在送张秋云上火车的路上，叔叔语重心长地对张秋云说："千万不要责怪你爸爸，否则你会后悔的。"听到叔叔话里有话，张秋云哽咽着问叔叔为什么，叔叔告诉他说，其实他爸爸很想让他再去读书，可家中确实没什么钱了。如果再传出母亲生病，大哥的媳妇怕也娶不成了。叔叔说："我觉得你父亲那句话最中听，你无法改变世界，却可以改变你自己。"

　　在回家的火车上，张秋云再次细细回味父亲的那句话，终于明白到父亲的苦心。其实，父亲可以让张秋云留在家乡帮他支撑那个即将破碎的家，可父亲却依然自己挑起那副沉重的担子，为的是让张秋云能走出去接受更多的磨炼。

　　回家送走母亲后，张秋云又和父亲进行了一次彻夜长谈，张秋云终于了解到父亲的苦：母亲生病，大哥娶媳妇，家中早已借了不少钱，可父亲却不能流露出半分情绪，为的是让张秋云自己能坚强自立。

　　外出打工这段经历，让张秋云对人生理解了很多很多。再次外出，张秋云在叔叔后面潜心学习手艺，不久被一家建筑公司看中。几年后，张秋云先后通过自学拿到了大专和本科文凭，成为土木工程师，在公司里确立了自己的地位。文学创作方面，张秋云也出版了自己的小说散文集，努力拼搏的他终于事业有成。

"你改变不了世界，却可以改变自己。"父亲的箴言一直激励着张秋云。可张秋云始终不明白，作为一个普通的农民父亲，竟然会说出那样一句改变他一生的至理名言。可有一天，当张秋云回到老家，看到白发苍苍的八旬父亲，手中拿着画笔，一笔一画在学习国画创作的时候，他终于明白，父亲的箴言是他发自内心最真切的感受。

母亲，为您燃一盏心灯

王　霞

　　博客上的一个母亲节活动让我想起了我的母亲。其实不用故意去想，每时每刻母亲和父亲都在我的心中。

　　我昨夜做了一个梦，在梦里床上堆着很多她的衣物，她说都是年轻时的，现在穿不下了，我和大姐在那儿试穿，左一件、右一件，长裙子、短旗袍，哪一件都好漂亮。她看着我们，眼中是满足的笑意……

　　今天早上，我看到儿子从学校带回来的脏衣物，还有马上就要换下来的春季衣服，突然想起前几天，洗衣店还洗坏了我一件心爱的大衣，就有些发愁。再一想，小时候我们都穿棉布衣服，所有的衣物都是妈妈洗熨。一家人都穿得干干净净，特别是父亲和我，衣物从来都是平平整整的。而母亲那时在食品厂工作，忙碌的工作之余，还要料理一大家子所有的家务，一定很辛苦。想到这里，我就开始动手洗、烫。一个上午我都在洗衣间和阳台忙碌，也只不过是六件毛衣，两件棉布风衣，儿子的一堆内衣。就这样，我已是满身疲惫。幸亏有满满的自豪，不然真的要扔开了。由此，我更是对妈妈充满了敬意。

我小时候，是计划经济年代，大家的生活条件都不够好，衣着都很简朴。唯有我，小小的年纪，冬天，穿的是黑亮的裘皮棉衣；春秋是银灰色毛料套装；而夏季，则是白府绸绣花上衣，红格背带裙子，方口拉带红皮鞋。清楚地记得，学校同年级不论哪个班有公开课，我都要去上课。每一次提问，我都会端正地举手，十有八九都会被叫到，然后享受老师的赞赏和所有女同学略带妒意的艳羡。

　　而这些，虽缘于爸爸无边的宠溺，但更是出于母亲一双辛勤而灵巧的双手。

　　童年的家在北方。犹记得那冬天寒冷异常。我穿的是妈妈手工缝制的小棉袄，贴身轻便，加上大衣，完全抵御了凛冽寒风。我还清楚地记得它的生产流程：先是父亲买了棉布，一般是深色碎花里子，素雅大气的较大图案的面子。我一直很纳闷，没有文化的父亲，为我置备的衣物布料，都那样漂亮，拿到现在来看都不落俗。母亲先把衣料落水，缩水去浮色，然后熨平，这是第一步；第二步，要剪裁好，再把里、面勾缝起来，像双层的夹衣；然后，在大饭桌上细心地铺平，把雪白的棉花细心地一点点、一层层地叠压、铺展上去，这叫絮花。絮好的衣片毛茸茸的，我很喜欢把手或脸贴上去，感受那一种凉而不冰，温而不火的舒适。妈妈常笑着嗔怪："看沾了一身的棉绒……"絮好的衣片要垫上报纸，辗轧一番，然后小心翼翼地翻卷过来，里和面布就把絮好的棉花包在了里面。这时，边角处最要小心，因为勾缝的布边折在里面，很不容易弄服帖，所以絮的时候边上要薄。翻转棉衣时妈妈常会念叨："亲娘絮肩，后娘絮边。"说的就是亲娘疼儿，会把棉衣的肩、胸、背这些关键的地方絮厚，好抵御寒冷；而后娘为了节省棉花，又要看起来厚实，就会在这些地方减量，而单单把衣服边角絮厚，以防人家试探。

缝制好的小棉袄是小立领，紧身服帖。妈妈还会给我做两件罩衣，因为一个冬天，这件棉袄是不下身的，外面要有保护，不然脏了后，拆洗就麻烦了。袄罩和棉袄大小一致，衣摆和袖口略长，正正好好罩住小棉袄，脏了以后可以随时换洗。这时想来，父母完全可以把棉袄做成深深的素色，和哥哥们一样，会耐脏，会省掉很多麻烦。可是，他们从来都是给我选择漂亮的花布，即便是被罩在里面。这就是如今，我在繁忙浮躁的生活中，仍没有失去欣赏、追求美好事物的心情的缘故吧。这种让生活美好起来的本能，父母在那个荒漠时代就用心地栽培在我们小小的心灵中了。

母亲，是我的榜样，我一直有意无意地学习，我希望自己能像她一样，智慧而不精明，善待他人常忽略自己，尽心尽力照顾家人并感到快乐……那是一种春风化雨般的浸润，让我的心于不知不觉中走近母亲的情怀，让那种情怀继续浸润着我一生的岁月。

今年母亲离开我近七年了，我却觉得她从没离开，甚至比七年前更近，因为她已走入了我的心里。母亲用她的一生为我构造了一个温暖的港湾，我现在让她住进我的心里，让我们依然彼此温暖，在无数日夜里。

母亲，也让我为您燃一盏心灯，照亮您和父亲，在那个世界的日日夜夜。

你是我的阳光

王 霞

安来电话告诉我她要回苏州的学校了，请我有时间的话去看看她妈妈。我略犹豫了一下，还是答应了。

安是我的学生，我教了她四年，从小学一年级到四年级。时间过得真快，现在她都大三了。

那年高考结束，我在西藏的那曲接到安妈妈的电话，电话中安的妈妈说安考得不太理想，情绪不稳定，想送她出国，也许能发展得好些。安妈妈征求我的看法，我劝她还是多做孩子工作，留在身边。当时心里想着：回去后看看安，仔细谈谈，做做工作。

出乎意料的是当天晚上我在赶往拉萨的路上出了事故，我也受了伤，后来我直接被抬到了军区医院，紧接着就躺回了南京。这一躺就是半年，太多的事都搁浅在床上，安和她妈妈的事，也就此放下。

一次，一位家长来看我，她的孩子和安也是同学。我便忽然想起安，不知这个孩子现在如何？有没有走出当初的阴影？最终有没有出国？我便问起了这件事儿，她的神色也随之黯淡了下去。

原来当时安的妈妈为了让安出国，准备把房子卖掉，巧的是就在我出事的第二天，她陪人家去看房子，在路上出了车祸，随后被送到医院抢救，至今也没有醒来。那时我受伤三个多月了，安的妈妈已经成了植物人，被安和外公外婆接回了家中。

由于安的父亲在安初中的时候已经患脑瘤去世了，所以安没有出国，就在苏州读书，每个假期都在家照顾妈妈。我无法想象，安现在的心境怎样，似乎在那个家里，在她的成长中，总有一些猝不及防的悲伤。

我能下床后，终于去看望了安的妈妈，时隔半年的这次看望，与当初想象的是那样迥然不同的心情。病床上的她头发全白，两颊凹陷，形容枯槁，露在外面的手臂肌肉都萎缩了，像白骨一样。我的泪扑簌簌直流，我仿佛看到当年，那个身材高挑、穿着得体的女子，牵着那个粉妆玉琢般的可爱小女孩来学校报到，她明眸皓齿、优雅大方。可如今的情景，再也不能和回忆中的人重叠。

当年，小安安就是这样走进了我的生活。慢慢发现，小安安说话会有一些口音，让我有点纳闷儿。安妈是一个很特别的妈妈，她爱而不宠，严而不伤。她对安安呵护极了，早送晚接，生病时，一天几次送水送药。可是，对安的学习和生活习惯却是一点也不马虎，对老师的工作极为配合。课余还送安到妇女儿童中心学习音乐、美术、舞蹈。那个活动中心，离我们这儿好远，坐车要两个多小时。

安安也喜欢妈妈，每天放学只要看到妈妈，她就像只蝴蝶一样飞扑过去。那份暖暖的母女亲昵图就像画儿一般，让人有一种直入人心的感动。

有一年冬天，窗外飘着雪，孩子们玩得疯了。好多孩子鞋和袜子都湿了，有些家长来送换的鞋袜，因为我们是企业学校，就在单位生活区里。我让孩子们把鞋脱了，把脚搁在暖气管上烘烤，尽管暖气管不很热，但也能保证孩子不受凉。

一个孩子妈妈给儿子换鞋时，看到安安当时正赤着小脚，就撇着嘴说："这孩子的妈妈平时那些没用的小事倒是挺周到，关键时候就不行了，唉……你妈不来送鞋吗？"小安安从书包里拽出一双漂亮的羊毛袜子，骄傲地说："妈妈一早就给我装好了，我正要换呢！"看着那个孩子妈妈的神情，总觉得有些不正常，似乎是嫉妒，或者是别的什么。

我也没有往心里去，而小安安的羊毛袜已经穿在脚上，看着她幸福的神情，心里也觉得暖暖的。

之后，孩子们离开了我。但是他们也常常一起回学校看我。那样的时刻，我总能想起安和她的妈妈，想起那些曾经点染我眼睛和心境的点滴。

那年她父亲去世后，有人劝她妈妈让安安读"三加二"，就是三年高中加两年大专，也好早点减轻家里的负担。可是安妈坚决不同意，虽然随着安安父亲的离去，家里条件一落千丈，可她还是坚持让安安读了高中。

终于，孩子高中毕业，终于可以让女儿自由去飞，终于可以站在原地看着女儿幸福绽放，可是命运无常，却又出了这样的事。

时光就这样在幸福与悲伤的交替掺杂中流走，此刻看着病床上形容枯槁的安妈，我多渴望她能早点醒来，孩子只有母爱了，不能再失去了。

可是后来每次去看她，她都那样躺着，没有丝毫的反应。小安安，那个在妈妈宠溺下的小公主，一个天真无忧的孩子，仿佛瞬间长大，日益成熟，成熟能干得让人心疼。

那个曾经步步生莲的女人，那个曾经健康幸福的安安妈妈，我怕去看她，因为每次看到静躺在那里的她，我都痛恨这老天的不公！可我也始终有着希望：如果有一天，她忽然醒来，睁开眼睛，那么这个世界该是怎样的阳光明媚，生活该是怎样的美丽芬芳！我想，所有的人，都有着这样的希望。

或许，我的希望在严酷的现实面前始终是一种奢望。但是，不管怎样，这个世界依然是美丽的。在我的眼里，她们这样的母女情，就是这人间温暖的阳光，与这个美丽的世界交相辉映。

她是安安的继母。而安安是父亲当年在老家收养的孤儿。

水中月

周国华

　　冬日里，周庄来了一个老人和一个画家。老人坐在双桥的连接处，边上放着几张画像和照片。画家则坐在双桥对面，面前摆着画架。

　　老人盯着路人看，而画家似乎只专注于景物。清晨两人来的时候，镇上还没几个人走动。此刻，双桥边还没多少人。

　　老人率先站起身，把画像和照片装入一个布袋，一脸落寞地走了。

　　目前除画家外，双桥上空无一人。画家眼前的场景，正是陈逸飞先生那幅《故乡的回忆》中的画面。

　　画家身旁叠满了画纸，从日头东升到星月满天，画家的眼睛和画笔就没有停过，速写、素描、油画应有尽有。画的内容也全是这两座石桥和桥下的流水，还有周边白墙青瓦的建筑。

　　画家点燃烟，对着画架吐了个圆圆的烟圈。画架上，微型版的名画呈现在他眼前，构图、比例、色调、表现技法，都无可挑剔。这次写生收获不小，画家搓揉着双手。

　　"像啊！画得好！"老人不知何时出现在画家身后，挑着大拇指叫好。

画家回身，礼貌地点头致谢，露出一丝得意。

老人从布袋里掏出一沓肖像画，递给画家。画上的主人公显然是同一个人，从五六岁模样开始，一直到长了胡子。画家快速翻了翻，纸张新旧不一，估计有二十多张。

画家撇撇嘴说："技法很嫩，但组合起来倒是有点味道，尤其是那双眼睛，眼神取了个斜视的角度，笑意传神，是你画的吗？"

老人点点头说："是，您见过这个人吗？"

画家摇摇头。这是一张很普通的脸，没有让人过目不忘的特征。他问："那人是谁？"

老人一叹："我失散了二十三年的儿子。"

画家大为惊讶，立刻收住了漫不经心的微笑，扶着老人坐下。老人对着被寒风吹皱的湖水，叙说着自己的故事：

老人家在北方，夫妻俩是双职工，儿子叫月明，五岁时被人贩子拐走了，从此以后就没了消息。一开始他和爱人请了假，全国各地找，不论是城市还是山村，甚至是草原，只要有一丁点儿儿子的消息，他们就会立刻出发。在这期间，他们还帮助两位被拐卖的孩子找到了亲人。

后来，两人都下了岗，各自去了私营企业打工。很不幸的是爱人因为身体原因不能再生育，好在是老板知道他们的情况后，答应只要有他们孩子的音讯，随时都可以去找。

老人现在已经退休，爱人的腿又不方便，于是一个人出来。他寻思着，旅游景点的人多，而且来自天南海北，所以就来了周庄。当然了，这也是没有办法的办法。

老人掏出一张塑封的照片，照片上，一个小男孩开心地偎偎在一位短发少妇身边。老人说："瞧，孩子的眼睛多像他娘啊，可鼻子、嘴唇，都像我。"

画家望着老人，心仿佛被细针扎了一下。孩子和他娘都是双眼皮，含着笑意。再细看画像上那小孩的脸，正是他爹娘五官的组合体。不容易啊，那二十多张画像，每年一张，记录了老人对儿子的牵挂，有了这份牵挂，虽未亲见，但孩子还是在他们的心目中一点点长大。

"唉……要是月明真的住在周庄这样的地方，该多好，一世都会安安逸逸的；要是他能来这里，该多好，说明他的日子过得很好，能够到处游玩。"老人叹道。

听着老人的喃喃声，画家百感交集，却又不知道该如何去安慰。画家指了指画架上的油画，说："老伯，您要是喜欢，这幅画就送给您吧。"

老人用袖角揩揩双眼，满脸惊讶。当再次得到确认后，老人轻声道谢，说："再添个月儿，行不？"

画家凝眉沉思良久才动笔。桥洞的倒影起伏在河面皱起的波纹中，已不再圆得规整。而镶嵌在波纹中的月牙儿，也不是常见的镰刀形，居然隐隐呈现出锯齿状！

收笔的那一刻，画家和老人同时被震住了——那道道锯齿，仿佛无声地切割着两人的心！

不！我要圆的！老人发出颤音。画家愣了片刻，动笔抹去波纹。

月儿照在风平浪静的水面上，一派温馨祥和。

老人带着画蹒跚而去。明天，他又要奔赴下一站。在他心中，不管路有多弯，生活有多难，他的明明永远会像画上的满月一样，陪着他。

对着他的背影，画家深深鞠了一个躬，自言自语道："老伯，您真正读懂了那幅名画的内涵。您给我解开了多年来的困惑，我懂了，自己离大师的距离，究竟还有多远。"

小旅馆里，画家辗转难眠。

画家想：自己老是忙，爹和娘，已经整整三年没见了。今年春节……不！明天一大早就动身，回家看看他们。

亲爱的姐姐

覃寿娟

1

我六岁的时候，妈妈把八岁的你领到我面前："囡囡，叫姐姐。"我看着一头脏兮兮的头发，穿得大红大绿很土气的你，把头扭到一边嚷："我才不要这样的姐姐，我没有姐姐。"你走过来，想拉我的手，我使劲地甩开："你不是我姐姐，你不是我姐姐！"你委屈地站在一旁，一副不知所措的样子，直到妈妈把你拉到洗澡房洗澡，我还在拍打着洗澡房的门："妈妈，妈妈，我不要姐姐，我不要姐姐！"我在心底抗拒着你的到来，一个捡来的孩子，凭什么要和我抢妈妈。

妈妈为你买回了另一张小床，放在我的房间里。我一脸的不高兴，抱着我最喜欢的玩具使劲地朝你瞪眼。你洗了澡，发间系了个蝴蝶结，穿着妈妈给你买的公主裙，变成了一个漂亮的小公主。妈妈抱起我，亲着我的小脸说："囡囡，多一个姐姐你就多一个伴，姐姐也会很爱很爱你的。"我"哇"的一声哭了，我不再是家里唯一的小公主了。你站在旁边看着我，眼神像一个做了错事的孩子。

2

　　你到来的那年，我和你一起上了学，并被分到了同一个班级。你没读过幼儿园，在村里你只是个会打猪草，整日与鸡鸭做伴的女孩，和能歌善舞还认识很多字，会背几十首唐诗的我在一起，你就像一个丑小鸭。我自然地当上了班长，而你每次考试成绩几乎都垫底。我才不会在同学面前说你是我的姐姐呢，放学了我也不和你一起走。每一次你都默默地走在我的后面，不近不远。放学回到家，我坐在客厅看电视，你没闲着，帮妈妈准备饭菜，收拾我们的房间，把我的书桌擦了又擦。很多次你骄傲地对妈妈说我有多么优秀，说我在学校得到的表扬，妈妈就会很开心地亲吻我的脸。我慢慢地不再讨厌你了，睡觉前，我也喜欢听你讲一些稀奇古怪的故事了，那是以前你在村里的奶奶对你说的。

　　我终于承认你是我的姐姐了。那一次，全班大扫除，一个男生不劳动，作为班长的我指责了他，他居然推了一下我，我摔在地上，痛得眼泪都出来了。这个时候，你站出来，要那个男生向我道歉。那个男生不肯，他可是班里最壮实最凶的。你上前和他扭打了起来，你不知从哪来那么大的力气，不一会儿，就把他按在了地上。老师来了，把那个男生狠狠地批评了一顿，你呢，自然也被批评了。但从那以后，再没人敢欺负我，那次我叫了你一声"姐姐"，全班的同学都知

201

道了，你是我的姐姐。

3

我们读高三的时候，爸爸铁了心要离婚，妈妈留不住。在法庭上，当爸爸提出要带你走，把我留给妈妈的时候，你说你不会跟他走，你只想留在妈妈的身边。因为那时妈妈的身体已经很差了，每天下班回到家，几乎都是瘫坐在沙发上，什么事也做不了。你放了学，很娴熟地淘米、切菜、洗衣、拖地，我要帮你，你总会撵我到房里："去，去，你做作业去吧，还指望你上北大呢。"北京大学的中文系一直是我梦想的目标，你知道的。其实那个时候，你的成绩也不错，在全校也是名列前茅，你悄悄地对我说过，你想上复旦大学的外语系，毕业后，你想当一名外交官。

爸爸终于离开了这个家，妈妈躲在房间里哭了一天，你把饭菜烧好，直到劝妈妈吃了一口饭。

4

高考分数终于出来了，我如愿地考了高分，北大于我，不再是个遥不可及的梦想。而你却意外地连高职的分数线都过不了。其实在高考前的几次模拟考试中，你的成绩像直升机似的往下落。得知分数的那一刻，你被妈妈扯进房间，好久才出来。妈妈红着眼对我说：

"囡囡，姐姐考不好，那是她的命，你一定要给咱家争气啊。"你拥抱着我："妹妹，你一直是我的骄傲，以前是，以后也是，你好好读书，姐姐打工供你。"那时妈妈已经提前病退了，一个月只有一千多元的退休金，加上爸爸给的一点抚养费，这就是我们家全部的生活来源。生活费、学费、妈妈的药费，每个月都捉襟见肘。我在北京读大学，你就在家乡打工，你说，这样就可以照顾体弱的妈妈。妈妈说你一个人打三份工，早上三四点起来给人送报纸，中午做三个小时的钟点工，下午五点后给一家餐馆送外卖。压在你肩上的担子太重，但这些苦你从不对我说。

5

我是个自尊心很强的女孩，一直瞒着家里的窘境，没有申请贫困生助学金。我只是默默地努力，终于在一个学期后，拿到了学校的一等奖学金。双休日我也没闲着，给别人当家教。这些钱省着用，基本能支付我的学费和生活费了。我告诉你的时候，你笑了，又哭了。我以为生活开始对我们绽开了笑脸，谁知道一个噩耗传来，妈妈由于长期卧床导致双肾衰竭，生命随时有终止的可能。我闻讯赶回来，在医院里，见到了躺在病床上的妈妈。妈妈脸色苍白，气若游丝。而你，也消瘦了很多，显得很疲惫。我们争着要给妈妈捐肾。我想，我是妈妈的亲生女，匹配概率应该很大。你却阻止我，说我要读书，身体很关键，可是我怎么肯，你只好说："我们一起体检配型，谁适合谁

203

捐。"一周后，医生对我们说，你的肾更适合妈妈。这样的结果让我很吃惊，但医生说的话我不得不信服。

6

你给母亲捐了肾，手术很成功。转到普通病房的时候，你和妈妈床挨着床。那天，我在家里煮了一锅鸡汤，装在保温饭盒里给你们送去，走到病房的门口时，虚掩的门传出你和妈妈的对话。我不想打扰你们，就站在门外，听着听着，我的手几乎拎不住饭盒了。原来你两岁时被人拐走了，妈妈和爸爸寻遍了你可能被拐到的每个地方，都找不到你，后来奶奶在一个清冷的早晨捡回了被人遗弃在路边的我。你八岁时，警察才找到了你。为了让我开心地生活，你和所有人都隐瞒了我的身世。你才是他们的亲生女儿，所以，爸爸离婚时唯一的要求就是要带走你；所以，在与妈妈的肾移植配型中，你让医生隐瞒了真相，只告诉我你才是最适合的那个人。就连那年的高考，你也是故意考得很差，为的是让我安心地追逐我的梦……

我推开门，泪流满面地走到妈妈和姐姐面前，哽咽道："我知道了，我都知道……"

我们三个人的手紧紧地握在一起。我知道，人生的这一路上有你，我亲爱的姐姐，有你的爱，纵然有风有雨，你也会为我撑起一片蓝天。这辈子剩下的日子，让我们相亲相爱，再不分离。

204

光阴里隐藏着多少爱的温柔

王国民

1

她是半年前来到这个小城的，这个城虽小人却很多，大街小巷，熙熙攘攘。

每一天，她就这么一条街一条街地走，一条街一条街地贴。落寞的余晖，经常把她的身影投在摇曳的人群里，那一刻，她仿佛看见自己内心的忏悔，那样鲜明，那么痛苦。努力地寻找之后，她终于明白，自己始终无法面对的是那段荒凉的岁月。

她正要往前走，忽然有人拍她的肩膀："路老师，在忙啥呢？"回头一看，是同事李小德。她尴尬地笑笑，李小德又说："路老师，什么时候去八字村看看？"她这才记起和李小德去看小美的约定。

小美是她的学生，是一个成绩优异的女生。然而因为父亲患病，小美休学一个月了，她老早就想去看看了，看看这座贫瘠的大山会把好人折腾成什么模样。

她是周末和李小德去的八字村，横在眼前的一幢茅草房就是小美

205

的家，里面杂乱的东西堆满了房间。靠北面的一张小床，一条凳子和一台废旧的录音机就算是小美家的全部家当了。

等她走进这个简陋的房间时，李小德对躺在床上的老人说："这是你女儿的班主任路老师，她代表学校来看您了。"一个面黄肌瘦的老人挣扎着爬起来，说："老师，请坐。"她忙不迭地把早已准备好的八百块钱拿出来，放在老人的手里："这是我们的一点心意。"其实，那是她半年来所有的积蓄。她只是个代课老师，薪水并不高，每月除了正常开销外，便所剩无几。

她正在感叹生活的艰辛时，小美清脆的声音从门外响起。

放下背篓，小美跑了进来，朝老师敬了两个礼，又从身上掏出一沓钱，一块一毛地数着，她侧过头去，鼻子里充塞着辛酸。

临别的时候，她拿出一张相片，给小美："你见过这个小男孩吗？"小美愣了将近五分钟，然后坚决地说："没有！"她从心头涌起一股失望，有些落寞地走开了。

这已经是她送出的第 10000 张相片了。

十年来她走遍了大江南北，但依然毫无所获。

2

十年前她是一家小公司的老板，有一个幸福的婚姻和一个乖巧的儿子。孩子四岁生日那年，她让婆婆去幼儿园接孩子，在经过火车站时，婆婆去给孩子买冰激凌，回来后孩子就找不到了。

当时听到这个消息时她都傻了，大脑一片空白。

她满大街地寻找，原以为孩子只是一时走丢，但一个月、两个月过去了，依然杳无音信。狠心的婆婆把一切责任推在了她身上，丈夫也对她冷眼相向，不久后她的婚姻也走到了尽头。

她将公司托付给弟弟后便走上了漫长的寻子之路。听别人说福建那边贩卖小孩儿的特别多，她二话不说就去了，逢人就问，逢墙就贴寻人启事，很快随身所携带的一千份寻人启事贴完了，她又把儿子的相片翻印了一万张……

转眼十年时间过去了。十年了，她十年的美好青春就耗费在了寻人上，十年，她磨破了二十双鞋，写满了十本寻子日记。很多人都劝她："小路啊，不要再折腾了，找个男人重新过吧。"

她苦笑，她不是不想，只是儿子是她身上掉下来的肉，如何割舍？

直到半年前，她接到了一个电话，说在贵州曾经看到过一个孩子，很像她儿子，右手臂上有鲜明的烫伤疤痕。

她听到疤痕这个词时，心脏猛然跳动了一下，一个小时后，她坐在了开往贵州的火车上。

3

她答应过校长只利用业余时间去寻找儿子。

她正在办公室清点作业本时，小美进来了，手里提着一个袋子。小美说："爸爸想来感谢你，他身体虽然刚好点，但还是走不了路，

207

所以就让我过来，也没什么，一只鸡，路老师，请您一定收下，这是我们的一片心意。"

她愣住了。她望着这个机灵孝顺的孩子，突然百感交集。

父亲得了中风，为了筹集医药费，小美毅然休学，天天去卖折耳根，还要照顾年弱的弟弟，风里来雨里去的。都累成这样了，但小美的脸上，依然透出一股乐观和自信。

小美出去的时候，她突然问："你弟弟，是领养的吧？"说完，她就后悔了，如果她的儿子流落到这样贫穷的家庭，那是多么的不幸啊。小美呆住了，好半天才回过神来，小美咬着牙齿反问："路老师，你不会怀疑我弟弟是你的儿子吧？"

这话让她惊慌失措。

她决定再去一次八字村。不过，不是小美的家。

在民风淳朴的乡村里，她不费吹灰之力，就得到了儿子的消息。

儿子叫小路，是因为在大路边捡的，所以叫小路。十年前，小路被一人贩子从长沙带到了贵州，九年前，这伙人贩子被抓了，小路也趁机跑了，流浪到这个村里。小美的父亲见他乖巧又可怜，正好妻子也想要个男孩，便收留了他。

她边听边掉眼泪，往事一幕幕在脑海里浮现。她心里痛苦，孩子就在眼前，可她一点也高兴不起来。

三天后的下午，她来到了小美的家里。小美意外地没有让她进门，小美说："陆老师，请你不要再来打扰我们了，我和我弟弟都活得很好，我不能没有他，他也不能没有我。"

她一张脸都白了。

站在破旧的门外，沉默了很久。她说："小美，我没有恶意，我只是想看他一眼。也不知道他长成什么模样了，他还记得我吗？他过得好吗？小美，这些年，我无时无刻不在想着他，你能理解一个母亲失去孩子的痛苦吗？"

说完，便把一本准备好的寻子日记从门缝里递了进去，小美看过后，哭了。

她又说："小路的右胳膊上是不是有块鲜明的烫伤疤痕？"

小美点头。

小美掏出一张小路的相片，递给她，转身跑了。

只一眼，她的身体就颤抖起来，泪如雨飞。

4

小美的父亲是两天后拄着拐杖来学校的。

小美的父亲说："路老师，你的事情我都知道了，我很难过。这些年我没有主动去找过你。小路现在都十四岁了，懂事了，他有权决定自己的路该怎么走，只是我有个请求，如果小路愿意跟你走，能不能让他先把这个学期读完，我也可以多看他几眼。小路虽然不是我亲生的，但我对他一直视如己出。"

小美的父亲走的时候，带走了她的十本寻子日记，小美的父亲说："孩子十年都没有见到你了，在他的记忆里，也许对你的印象都已经很模糊了，需要一个慢慢调整的过程。"

小路是在一天后，被小美送过来的。

小美说："爸爸让小路来陪你说说话。"见面的那一刹那，她冲过去，一把抱住小路，泣不成声。十年的相思之苦，在这时终于有了爆发的出口。

她给小路炒了一桌的好菜，有小路以前最喜欢的辣椒炒肉和扣肉。

吃完后她紧握着小路的手，不停地说着话，她恨不得把这辈子要说的话一下全说出来。

她问："小路，这些年，你恨我吗？你愿意和我回长沙吗？"

小路摇摇头，又点点头，然后幸福地笑。

吃得饱饱的小路，很快就在她的怀里睡着了，右手臂上的疤痕在她的眼里幸福地跳跃着。

她盯着小路看了一个晚上，直到凌晨才迷迷糊糊地睡去。

小路是在早上走的，他做好了早餐，放在桌子上，还有一份留言：

陆老师，我回去了，其实我很想跟你去长沙，看看生我养我的家，只是我舍不得的我养父养母，毕竟我和他们生活了九年，记忆中的点点滴滴都是他们的影子。在这个家里，虽然穷，但我很快乐。记得有一次，学校组织我们体检，说我有乙肝，爸爸不相信，就带我到市区去，我们到达时，已经是十一点了，诊断结果要下午五点出来，爸爸就让我先回来，然后他就在那里等，拿到结果后，没车了，只好走路回来，回来时都已是午夜十二点了，因为天黑，一路上不知摔了多少跟斗，浑身上下都是泥水。我抱着爸爸哭了，爸爸只说了一句，傻孩子，我能为你做的，就只有这么多……

这话让她感动不已，她决定暂时不去接小路，让他好好陪陪养
父母。

5

小路是暑假后陪她回长沙的。

十年在外奔波，终于找到了亲生骨肉，这一重大消息不胫而走。
她回来的时候，家里早就坐满了人。

小路房间里的摆设都还是十年前的模样，她的母亲每天都会来
打扫一次，小路进来的时候她笑着说："小时候，我记得每天睡觉时，
你都要抱着你最爱的熊猫睡觉，你还说它就是你的弟弟。"

熊猫依然在，小路抱着它的时候，泪水一下子就涌出来了。

晚上的时候，小路给养父母打了个电话，为了让小路能经常听到
父母的声音，她特意给小美的父亲买了个手机，还交了一千元话费。

她以为故事就会如此按部就班地继续下去，其实她都想好了，等
孩子考上大学了，她就把小美一家人接过来，一起好好过。

只是没过十天，小美家就出事了，是小美的母亲，脑溢血。

医生说，整个治疗康复的费用要十多万。

她听到这个消息时不由得倒吸了一口冷气。她知道，如果自己不
伸手，那无疑宣判了小美母亲的死刑。只是这些年在外奔波，她也早
就花完了所有的积蓄。那几天，小路整天茶饭不思，心事重重。

她做了一件很雷人的事情，把她经营了二十年的公司低价卖掉了，她的亲友都不解，只有她自己知道原因。

　　这个世界上还有什么比爱更重要呢？从接儿子回来的那天她就决定要让孩子像一只快乐的小鸟，能在爱的天空中自由翱翔。

　　她带着小路重新回到了贵州，她把小美的母亲接到了最好的医院治疗。手术很成功，康复的速度也在预期之中。

　　她说："这次来我就不回去了。小路是属于这块土地，属于大家的，我不能为了一己私念，强行把这幸福撕裂啊。"

　　所有人都惊呆了，尤其是小美："路老师，你来贵州不就是来找儿子的吗，现在找到了，又把他送回来，不是太亏了吗？"

　　这话让她百感交集。她说："是的，我一直以为，这个世界上，只要我才是最爱小路的，直到遇到了你们，我才发现你们比我更爱小路。而且我只懂得把小路占为己有，而你们，不仅懂得珍惜，更懂得付出。我记得有个名人曾经说过，小爱可以使人甜，使人喜，而大爱才会让人宽容、平和、充实。"

　　她沉默着，紧紧地抱着小路和小美，她分明看见，在夕阳的余晖里，一抹温柔快乐地摇摆着。

　　小路说："你们都是我的好妈妈，等我长大了，我一道孝敬你们……"

哭泣的雪花

张素燕

"奶奶，雪花什么时候就不哭啦？"五岁的小孙子望着窗外纷纷扬扬的雪花，充满期待地问奶奶。

"雪花马上就不哭喽！因为雪花知道宝儿的爹娘快要回来喽！"

"是真的吗？奶奶说下了大雪我爹娘就会回来了。可现在我爹娘为什么还不回来？"

孩子水汪汪的大眼睛清澈、透明，晶莹的眼睛里有闪亮亮的水珠在滚动。看着一脸纯真、充满渴求的小孙子，老人走上前去蹲下来，把他搂在怀里，泪水悄无声息地打湿了孩子柔软发黄的头发。

孩子的爹娘一年前去外地打工了，他们走时就经受了一番与孩子别离的折磨。刚开始爹娘决定跟孩子讲明道理，当面告别离去。娘告诉孩子，她和爹要去外面挣钱，要走一段时间，让他跟奶奶待在家里，要听话，要乖，爹娘回来会给他买好多好吃的好玩的东西。可话还没说完，孩子的头摇得就跟拨浪鼓似的，大声哭喊着我不要吃的，我不要玩的，我只要爹娘。孩子的号啕大哭让爹娘没能走成。

第二次爹娘硬硬心，直接走吧，又对孩子一番好话相哄，背起行李就走。可孩子却追着跑到村外，一边追一边哭喊着："回来，我不要爹娘走。"孩子撕心裂肺的哭喊，让爹娘含泪而归。

前两招都不行，只好偷走吧，这也是爹娘不愿选择的方式。他们不想在孩子幼小的心灵上留下阴影。但这真是无奈之举。当孩子回到家后看不到爹娘便是哇哇大哭，哭喊着找爹娘，怎么哄都无济于事。孩子整整哭了一大晌，嘴里念念叨叨，迷迷糊糊地睡着了。醒来后接着大哭。就这样折腾了四五天，孩子的眼睛干涩了。孩子不哭了，也不闹了。奶奶那颗七上八下悬着的心终于放下了，这孩子也总算过去这坎了。

一天，奶奶见小孙子在一张纸上画东西，便问："你画的是什么呀？""雪花。"奶奶这才看清了满满的一张纸上全是孙子所谓的雪花形状的东西。"你画这么多雪花干什么呀？""奶奶，我想起娘以前跟我讲过雪花是很神奇的，雪花可以帮助我们。我想告诉雪花，让我爹娘快点回来吧。"老人的心像被刀子戳了一下。原本以为孩子早已忘了的事，却没想到深深地刻在他幼小的心灵里了，他在用自己的方式期待着爹娘的归来。"那你要画很多天，雪花才能帮你呀。""只要爹娘能回来，我画多少都可以。"孩子每天都画雪花，边画边嘟嘟囔囔地自言自语。

可日子在孩子的期待中悄然无声地逝去，没有带来任何惊喜。爹娘还是没回来。孩子号啕大哭。这是爹娘走后的第二次大哭。"我画了这么多，爹娘还不回来。雪花还是不帮助我。"奶奶安慰着孙子说："宝儿，你知道雪花为什么不帮你吗？""为什么？"满脸泪珠的孩子勉强止住哭声，像抓住了救命稻草似的认真听奶奶说。"因为雪花在哭泣。哭泣的雪花是不会帮助人的。""那雪花什么时候能不哭啦？""当天上真正下大雪的时候，当雪花漫天飞舞的时候，雪花就不哭啦。到时候她就会帮助你，让你爹娘早点回来的。"老人的眼里也充满了期待。她想着下了大雪，儿子儿媳总该回来了吧。

于是孩子天天盼着下雪，可奇怪的是，那一年冬天竟然没下雪。

日子在四季轮回中不厌其烦地重复交替着。

孩子依旧每天画着雪花。不同的是他在每片雪花的后面都加了一个哭脸，然后在每张画的最下面都会画上一片大雪花，在后面加上一个笑脸。

当秋天舞尽了最后一片落叶，又一个冬天挟裹着寒冷来临了，孩子心中期待已久的雪花也终于飞舞到了人间。孩子高兴得手舞足蹈，脸上开出了灿烂的花朵，可这场雪还是没能让孩子如愿以偿，孩子的爹娘还是没回来。孩子好不容易绽放笑容的小脸又阴云密布，酷似哭泣的雪花。

"奶奶骗人，奶奶说下了真正的雪花，爹娘就会回来了。可现在为什么还不回来？"孩子委屈万分地说。

"是啊……你爹娘要回来了。他们已经上车了，只是外面下着雪，挡住了他们回家的路啦！"

孩子一声不吭地跑到外面，从院子里找出他的小铲，开始铲地上的雪。他吭哧吭哧地铲着，不顾纷纷扬扬的雪花把他遮盖成雪人。

老人背着孩子哽咽着给儿子打电话："你们快回来吧，我没法再骗孩子了。"

孩子每天扫雪，直到第二场雪的到来，爹娘终于回来了。他们冒着大雪，远远地就看到被裹成雪人的孩子在清扫路面，旁边站着同样被雪遮盖的老妈妈。

娘紧紧搂着儿子说："我们再也不走了。"孩子蹒跚地跑回屋去，拿来厚厚的画满雪花的两个本子，泪流满面地说："别让雪花哭了，好吗？"那稚嫩而纯真的声音，随着尽情飞舞的雪花氤氲开来，洋洋洒洒于天地间，飘进每个人的心底，舞出一片洁白。

拨开云雾见天日。大雪飘尽，丝丝缕缕的阳光如跳跃的火焰，融化了冰雪，融化了寒冷，融化了哭泣的雪花。

宁愿为你，让阳台花开

张素燕

每次去图书馆看书都会被旁边小区临街的二楼阳台所吸引。驻足观望的并不止我一人，人们三五成群地聚在楼下仰望阳台，赞美之词不绝于口。这是一个拐角阳台，通透的大玻璃窗把阳台里面的风景慷慨无私地奉献给过路人。

阳台之所以吸引人，是因为这是一个花的海洋。阳台上开满了花，红的、黄的、蓝的、紫的，一朵朵、一片片，花团锦簇，姹紫嫣红，煞是好看。葱茏的绿叶葳蕤茂盛、绿气腾腾，把花儿映衬得更加楚楚动人，娇艳多姿，让人怀疑花卉园被搬到了这里。

阳台上面摆满了各式各样的花盆，花盆里是各式各样的花。阳台上有好几个隔层，每个隔层都是花。阳台的架子上也错落有致地挂着不同的花。五颜六色的花欣欣然张开了眼，充满惊奇地欣赏着外面的世界。阳台玻璃外窗的南面和临街的西面中间都向外用钢条镶嵌了一个长方形的小架子，正好能放下两盆花，花朵竞相开放，呈现着最美的花姿，仿佛在向过路人问好。

记得有人说过，阳台是属于女人的。看一家的阳台，大概也就看出那家女主人的风貌。从阳台可见一个女人的生活、品位，甚至她内心的季节。我未曾见过这家主人，但能把阳台的花养得如此美丽，女主人肯定也是一位温润芬芳的女子，她的日子一定雅致、精美，生活得有滋有味吧。

"这家的男人可真不容易呀，老伴儿瘫痪在床，吃喝拉撒全是他伺候，二十年了，他这样坚守着，而且还为老伴儿养得一手好花，老伴儿不能出去看花，就让她在家看个够。"同来赏花的知情人说道。我的灵魂被深深地震撼了。执子之手，与子偕老；不离不弃，终生守候。还有什么比这更美的爱情！

阳台花开，一花一世界。想必女主人坐着轮椅在男主人的陪伴下，每天闲暇时间来此小憩，徜徉于花海中，捧杯热茶，悠悠品茗；看花开花落，望云卷云舒；放飞心灵，感悟人生。生活的韵味，从阳台开始；心情的装扮，从阳台呈现；阳台花开见证了一对老人的默默相守。

宁愿为你，让阳台花开！

第六章

如果可以，我想成为你的骄傲

有一种妥协叫父爱

　　她出生在一个小山村，从小就聪明伶俐的她是父母的掌中宝。尤其是父亲，对她更是百般呵护。

　　13岁那年，母亲准备按家乡的习俗给她定一门娃娃亲，可她却不想一辈子待在封闭的大山里。她心中藏着一个很美的梦想，就是长大了要当一个舞蹈演员，所以，对母亲要给她定娃娃亲的事情她坚决反对，母亲几次三番地说，她几次三番地抗拒。初中毕业后，为了摆脱这娃娃亲，她选择了离家出走，她要去追寻自己的梦。最终她费尽周折，终于在河南一家歌舞团落了脚。而就在此时，父亲千方百计找到她，想要带她回家，她当然不肯，束手无策的父亲只好把身上仅有的两百块钱留给她，一个人落寞地坐上了返程的火车。

　　随后的几年中，无论她去哪里演出，父亲都会特地去看她，且一再要求她跟自己回家，可每次都被她拒绝了。在她一次次地坚持下，父亲一次次地妥协。

　　19岁那年，她和团里的一位同事相爱。对方比她大十几岁，且离过婚，还有一个年幼的儿子，但这一切都无法阻止她爱他。因为在她心里，他人长得帅气、心又好，她相信父母会同意他们在一起。

然而事情并不像她想象的那般顺利。当父母知道了她男友的真实情况后，坚决反对，特别是父亲，没有一点商量的余地，她也态度无比坚决地要跟男友在一起。父亲一气之下就把她赶出了家门。在赌气的状况下，她也走得义无反顾。因为她知道，无论她做什么选择，父亲最终都会原谅她，但如果她错失了这份爱情，便不会再拥有。

　　然而，直到她和男友回到了他的四川老家才知道，男友的家可谓一贫如洗，甚至连一张像样的床都没有。为了生活，她和男友四处找工作，却因学历低而处处碰壁，万般无奈下，她和男友只好出去给人卖报纸，一张报纸可以挣五分钱，一天一个人也就卖个几十份，两人挣的钱也就勉强可以糊口，而这一卖就是三年。三年里，她吃了多少苦受了多少罪，连她自己都数不清。伤心无助时，她多想给父母打个电话啊，可每次把那个熟悉的号码拨通却又赶忙挂断，她实在是没有勇气面对父母啊！既然路是自己选的，她有什么资格跟父母诉苦呢？她想，还是等自己过得好了再和父母联系吧，而这一等就又是许多年。

　　直到三年前，她和老公用多年的积蓄开了一家影楼，生意渐渐红火起来之后，她回家的愿望也愈加强烈。老公明白她的心思，便鼓励她回家看看。

　　她先给母亲打了个电话，告诉她的返乡日期，而后精心地为父母准备了很多礼物，随后便带着老公和孩子一起踏上了回乡的路。一路上她内心忐忑无比，总害怕父母不能原谅自己，更害怕再被父亲赶出家门。

　　还没进村庄，大老远就看到母亲在村口等她。母亲老了，老得她都快认不出了，刚一见面母亲就抱着她失声痛哭。随后，母亲嘴上一遍遍数落着她的绝情和狠心，双手却无限疼惜地捧着她的脸，没完没了地看。

在和母亲回家的路上，因为没见到父亲来接她，她的心里更加忐忑。

母亲领着她进屋，客厅里没有父亲，厨房里却传来了声响。她走过去，见父亲正在做饭，正当她鼓起勇气想叫一声"爸"时，父亲也转身看见了她，但父亲并没有表现出任何亲热的举动，而是理都不理她便转身走出厨房，留下她一个人尴尬地站在那里。她想：看来这次父亲是说什么也不会原谅自己了。

这时，母亲走过来把她拉进她以前的卧室。当看到卧室的第一眼时，她便瞬间泪湿双眼，原来，卧室里所有的陈设都跟她走之前一模一样，就连她临走时父亲坐在床边与她谈心的小板凳都还放在原来的位置！母亲告诉她，自从她走后，父亲就不让任何人碰这屋里的任何东西，而父亲更是十九年如一日，每天都要来这里坐上一会儿，自言自语地跟女儿说上一会儿话……不等母亲说完，她已经泣不成声。原本，她以为父亲一定会恨自己，更不会原谅自己，却没想到父亲竟以这样的一种方式默默地守着自己，爱着自己。她跑出房门，走到在客厅沙发上坐着的父亲面前，双膝跪下，满含深情与内疚地喊了一声"爸"，便哭得泪如雨下。此时的父亲也没了刚才的冷漠，而是无比激动地把她揽入怀中，哽咽地一遍遍重复着："回来就好，回来就好，爸爸一直在等你回家……"直到此时，她才明白，原来父爱从未离开，原来父爱一直都在！

是啊，有一个人，无论你做了什么，无论你怎么伤害他，他都会无条件地包容你、原谅你，一如既往地爱着你，这个人叫父亲，这种妥协是父爱！

假如能过完这个生日

叶梅玉

两年前的清明节前夕，母亲去医院检查时就已经是肺癌晚期了。母亲含辛茹苦，把我们五姊妹拉扯大，供我们读完高中、大学，待到我们成了家立了业，我们的孩子相继出生，母亲担心孩子影响我们的工作，又操劳着带孙子、外孙了。待到孙子、外孙初长成，我们都以为该是母亲安享晚年的时候了，谁能料到一场灾难会降临到母亲身上。

对于母亲的病，我们一直小心翼翼地瞒着她，不走漏一点风声。

母亲以为她的支气管炎复发了，并不十分介意。两年前母亲的肺病被当作支气管炎误诊，让母亲错失了最佳治疗时间。母亲无力地躺在病床上，期盼这个阴雨绵绵的季节早日过去。母亲喃喃着，她这个老毛病，要到天气暖和，才会好起来，两年来，一直是这样。母亲一次又一次地把目光投向窗外，指望天气变暖，病快点好起来。

到了五月，气温转暖。母亲的病并不见好转。母亲全身无力，不能下床，食难下咽。我想去外面的餐馆给母亲买点可口的饭菜，却不知道母亲平素最爱吃哪道菜。我很愧疚，俯身询问母亲。母亲恹恹地看着我，气息微弱地说了一个"鱼"字。我买来饭菜，拨一小部分喂母亲，母亲艰难地吃了两小口就不要了。母亲不停地喘着气，无力地靠在床头，无力地用手示意我快吃。我瞧着母亲那副模样，心里难过，吃了两口再也吃不下去，就在我起身想把没吃完的饭菜倒掉时，我看到母亲又向我无力地摆了摆手，轻轻地叹息了一声。我望着母亲，刹那间明白了母亲的意思。母亲是过苦日子熬过来的，知道粮食的珍贵，自小到大，母亲从来就不允许我们糟蹋一粒粮食。我端着碗，坐下来，母亲看着我，看着我碗里的饭菜。我转过身去，把背朝向母亲，和着泪水，把剩余的饭菜全部吞进肚子。

第二天，母亲还是要吃鱼。在买好饭菜返回途中，我猛然想到，这分明是我最爱吃的一道菜！母亲，您何时对鱼感过兴趣，到了这个时候，您心里却还记挂着我。

六月，天气炎热。母亲的病开始恶化。母亲整日软塌塌地卧在病床上昏睡。有时候，母亲醒来，空洞的眼睛一直望向窗外，母亲说天气暖和了，她这个病却不见好转，以前不是这样。这次……住了这么久院……还不见好转……怕是难好了……

母亲鼻子里插着氧气管，每说一句话，都喘息不止。

母亲依然咽不下一粒米饭，只能喝一点点流食，靠打营养针来维持微弱的生命。短短几个月时间，母亲的体重从一百二十多斤，降到八十多斤。

有一天，母亲的右臂突然肿大起来。我慌了神，急忙跑去找医生。医生说，癌细胞已经扩散到了母亲的淋巴，母亲的静脉血管受阻导致右臂静脉血液回流，手臂肿大。

接连几天的用药，仍然无法消除母亲手臂的肿胀。那一天，母亲绝望地抚摸着肿大的右臂，默默地流泪。我忙走出病房，站在医院的长廊，再也忍不住，泪水长流，唯恨世上无良医良药医好母亲的绝症，唯恨自己不能替代母亲承受这份痛苦。

七月，母亲的呼吸变得越来越困难，只要稍微移动一下身子，母亲就接不上气，脸色苍白。

母亲随时都有生命危险。我守在母亲床前，眼睁睁地看着饱受病痛折磨的母亲却又无能为力。我每天急急忙忙去医院外的餐馆买来炒饭，不敢有丝毫的停留，我害怕母亲会在我转身之间离我而去。

在母亲生命的最后时光，母亲几乎每晚都做噩梦，梦见我逝去的父亲，梦见我离世二十多年的外婆。有一个深夜，母亲忽然坐起来，目光如炬，大声喊着"妈妈，妈妈"。正坐在母亲床头打盹的我被惊醒，大骇不已。母亲那段时间连坐起来的力气都没有，我不知道是什么力量让母亲腾地坐了起来。母亲从梦魇里清醒过来，眼神黯淡，目光痴呆地望着房门。母亲说外婆一袭黑衣而来，要把她带走。母亲还说，她怕是活不了几天……要是能过完这个生日再走就好了……母亲失神的目光里有着对尘世的无限眷恋，对亲人的难以割舍，让我不忍目视。

母亲的生日是中秋节这一天，还有一个多月时间，但母亲没有等到她的72岁生日，就永远地离开了我们。那个本该一家团圆的节日，带给我们的是无限的遗憾和永远的怀念……

一百八十封信件

他一直对母亲心存怨恨，他觉得是母亲把自己送进了监狱，这一关就是五年。五年啊，人生又有多少个五年？

当年，他由于喝醉了酒和人吵了起来，接着便动了手，他红了眼，拿起桌上的酒瓶，砸在了对方的头上。那人倒在了血泊里，他酒醒了，傻了眼，喊了几声不见答应，他便飞也似的跑了。

跑回家，他告诉母亲，他打死人了。

母亲当时在做饭，锅铲"咣当"一声落在地上，平时就缺少血色的脸，在那会儿更是毫无血色。她弯下腰去拾锅铲，可是用尽力气，也没拾起锅铲。她愣了一会儿劝他赶快去自首。他说，不，那人如果已经死了，自己很可能会被枪毙的。"我没活够，我不想死。"他浑身战栗着说。

他告诉母亲，他回来，就是想拿点钱，然后亡命天涯。

母亲摇着头，仍固执地劝他自首。

"打死人了，那是死刑啊，你知道不？"他轻声质问道。

母亲无言，许久说："好吧，儿啊……我去给你做饭，吃了再走

227

吧。"说着，擦着眼泪。由于怕人发现，母亲让他藏在地窖中，又在上面放上一块大木板，木板上压着块大石头。

然后，母亲放心地走了。

他也就安心地躲在地窖里，由于太累了，他坐着睡着了。

当母亲再一次揭开木板，喊他出来时，天已经黑了。母亲做的是鸡蛋面，他吃得津津有味。母亲在旁边，望着他，泪水又一次流了出来。

他也红了眼圈，为自己过去不听母亲的话，为自己不该和狐朋狗友来往，更为自己一时发火和不计后果的行为。他劝母亲："妈，放心，风声小了后，我会悄悄回来看你的。"

母亲不说话，又出去给他盛饭，让他吃饱点。

两碗鸡蛋面下肚，他点点头，够了。

这时门开了，人影一晃，几个公安干警走进来。他大吃一惊，站起来，准备从后门逃跑，母亲忙一把抱住了他的腿。事后他才知道，这些公安干警，是母亲叫来的。就在他躲进地窖睡觉时，母亲给公安局打了电话，报了案。

在电话中，母亲只有一个要求，给儿子做一顿饭，让他吃饱了再走。

他被带走了，临走时他睁着血红的眼睛望着母亲，大吼："你不是我妈，以后你也没有我这个儿子。"他觉得，从母亲报案的那刻起，他的母亲就已经没有了，死了。

进了监狱他才知道，被打的那人没死，可已成了残疾。他也因此

228

被判五年徒刑。监狱里，很多犯人的亲人都来探监，带着衣服，还有吃的。母亲也来，可是每一次，他都拒绝见面，他说他没有母亲也没有亲人，自己的父亲早死了，母亲也没有了。

监狱管理员劝他："去见见老人吧，她泪都流干了。"

他偏着头，坚决地道："那不是我妈！"

监狱管理员生气了，质问："有你这样做儿子的吗？"

他理直气壮，问道："有她那样当妈的吗？"

有一天监狱管理员告诉他，有一点事找他。他出去了，看到了一个老人，面对着她，头发已经花白，苍白的脸色，透着青灰的颜色。

那是母亲。

他扭转头，母亲在身后流着泪喊道："儿啊，妈都是为你好啊，妈怕你一跑，罪上加罪啊；更怕你这一跑，妈再也见不到你了啊。"

他不说话，无论怎么说，一个母亲竟然报警，竟然帮着警察抓捕自己的儿子，这点，太过分了，太不合乎一个母亲的身份了。

母亲在身后叮嘱道："儿啊，以后你要注意身体，要守法，妈就不来看你了。"

他说走吧走吧快走吧，说完，他头也不回地走了。

以后，母亲果真再也没来看他，但是，信却是少不了的，一月三封。

母亲在信里告诉他：儿啊，你要好好改造，妈望着你回来。

母亲在信里说：儿啊，天冷了，你要注意身体啊。

母亲在信里说：儿啊，不要喝冷水，你体质弱，会拉肚子的。

每次拿着信，他都会一个人待在一边，默默流泪。可是，他忍住坚决不给母亲写信。

　　四年，近一百五十封信，整整齐齐码在那儿，每个狱友见了，都羡慕道，你妈真细心。有的甚至道，有这样的妈，是你小子的福分。

　　在这些信的滋润下，他心里的冰块慢慢融化了，他也逐渐体会到母亲当时的无奈和痛苦。一个母亲，把自己儿子亲手送进监狱，每一个夜里，当母亲想到这些，她该经历怎样的心灵煎熬啊！他想。

　　母亲泪流满面的样子，又一次出现在他的面前。

　　他哭了，为自己的母亲。

　　他心里想着自己要好好改造，争取早日回去，他要跪在母亲面前，流着泪喊一声"妈"。四年后他减刑了，拿着行李走出监狱的那一刻，面对着外面洁净的阳光，还有饱含着花香的空气，他第一次从心里感谢母亲，当年母亲做的，是最明智的选择。

　　他走到村口，顿时呆住了。

　　村口拢着一座坟，坟上已经荒草一片，可以看出有几年了。墓碑上，竟然刻着母亲的名字。他望着坟墓，傻在那儿，眼前一片朦胧，突然扑通一声跪在坟前，号啕大哭起来。

　　听到哭声，他的婶闻声而来，她也哭了。

　　在婶的叙说中，他才知道，母亲本来就有肺病，在他入狱后，病更重了，到医院一检查，已经不治了。母亲最后的想法，就是到监狱去看看他。母亲去了，回来后泪流满面，坐在家里，夜以继日地写信，写下了一百八十封信，交给婶，让她每个月发三封。

婶说着，拿出一沓信，这些是还没寄完的信，婶都交给了他。

他坐在坟前，一封一封看着，好像母亲就站他面前，一字一句地嘱咐着他。在最后一封信里，母亲写道：

儿啊，你回来时，妈早已走了，去见你爸去了。妈当时没告诉你，是怕你难受。知道吗？在离开监狱的那一刻，妈多想你回过头，喊一声妈啊。

不要为妈伤心，你能出来，就是妈最大的幸福。妈让你婶她们把我的墓拢在村口，妈活着看不到你回来，死了也要看着你回来。记住！出来了，不要忘了到妈的坟前，喊妈一声。妈在地下听了，知道你回来，也就瞑目了。

他的眼泪又一次滚涌而出，他站起来，看着坟上的荒草，就像娘满头的花发。他"咚"的一声跪下，大声道："妈，我出来了，以后我一定要做个好人，你听到了吗？"

干干净净的阳光下，有风吹来，坟上的青草一片，波动着，一直波动到天的尽头。这没有边际的青草啊！

跟踪老爸的女孩

余显斌

1

吴波发现最近老爸有点鬼鬼祟祟。过去，老爸下班后都会早早回来把饭做好等吴波回来吃。有时吴波回来迟了，老爸还专门到小区门口等着，和守门大爷一边聊着。守门大爷见了吴波，笑笑地说：“你爸啊，心细得针眼一样大。”老爸总是笑笑。吴波抱着老爸的手，摇晃着说：“爸，不用在外面等。”老爸不听，说养丫头比养小子让人操心，咋能不等？吴波噘着嘴说：“老爸，不至于吧？”老爸说：“至于，长大了，爸就省心了。”听着老爸唠叨，吴波感到很幸福。可是现在的老爸鬼鬼祟祟的，像特务一样。吴波上了心，注意起来。

这天，吴波刚从学校回来，老爸就把饭菜拿上桌说：“我出去一下。”然后匆匆就走。吴波问：“爸，干什么去？”老爸告诉她，外面有人请吃饭。说完笑着点下头，关上门出去了。吴波放下碗，拉起风帽，悄悄跟了出去，她总感到老爸有什么秘密在瞒着自己。

三步两步，老爸来到一座楼下，老爸掏出手机道：“梅雨，我在你楼下。"吴波离得并不远，这一切被她听得清清楚楚。然后，吴波就看见三楼有个女人脸露出来，看起来很清雅，她看见老爸，微笑着招招手。老爸也招招手，等她下楼。

2

老爸回来已是黄昏，像个小青年吹着口哨。他推门进屋看见吴波，愣了下问："回来了，没上学啊，丫头？"吴波眼睛一白道："今天是星期五，下午放假。"吴波是高三，学校一月一放，今天刚好赶到放假。本来她想让老爸陪自己去公园玩儿，可老爸竟然被个女人叫去了，还忘记自己今天放假。

难道自己在学校读书容易吗？吴波不高兴地道："爸，你去哪儿啦？"老爸笑笑，一边洗衣，一边道："不是告诉你了吗？别人请客啊！""男的女的？"吴波穷追不舍。老爸不自然地笑笑，告诉她，怎么可能是女的，当然男的。吴波更不高兴了，道："骗子，连自己女儿都骗。"老爸一愣："说什么呢？"吴波红着眼圈道："你骗我，你是去找一个女人了。"说完，进了自己房间，"哐"一声关上了门。

3

自吴波记事起就没了妈妈，她一直和老爸相依为命。那时很多人给老爸介绍对象，老爸都摇头，自己有个女儿，怕拖累别人。

一次，一个女的和老爸处上了，答应对吴波好。那女人到家玩，吴波要上厕所，她让吴波一个人去，那时吴波还小，蹲不到便器上，急得直哭。老爸忙进去，把她抱上去，后来老爸便和那个女人散了，用他的话说："那样的嫁过来，我丫头咋办啊？"

懂事后，吴波也会问老爸怎么不给自己娶个后妈，老爸想想，总笑着说"思念你妈"。

吴波睡在床上，流着泪想：都是谎言，什么思念妈妈，什么怕自己受委屈，全是谎言，遇见个漂亮女人，就什么都忘了。偷偷摸摸，很可能和那女人是婚外情。

吴波感到老爸很卑鄙，她恨老爸，也恨那个女人，恨她横插一手，拐走自己爸爸，夺走自己父爱。

4

吴波有个计划，决定过段时间实施。

那天吃罢饭，她告诉老爸自己去上学，说完背起书包走了。吴波没走远，她悄悄躲在楼下拐角窥视着。不一会儿老爸出来，急匆匆向前走，不是走向那座楼，是走向另一方向。吴波拉上风帽紧跟着。老爸边走边打电话："我丫头发现了。好的，我们公园见。那妮子鬼精灵。"

老爸的话，吴波全听进了耳朵。她气坏了，暗恨老爸叛徒，和那女人认识才几天，竟然出卖自己女儿。

她心里更恨那个女人啦。

到了公园门口，那个叫梅雨的果然等在那儿，对老爸招手。老爸一笑，两人挽着胳膊向里走。吴波也夹在人群中，悄悄跟了进去。

那女人靠在爸爸身边，边走边说："放心吧，我会对吴波好的。"

老爸忙拍马屁说："你这么温柔，一定能做好妈妈的角色。"

女人笑了道："吴俊，你说丫头能喊我妈吗？"

"能，一定能。"老爸肯定地拍拍女人的肩，满足地长叹，"恋爱真美，我还没尝过恋爱滋味呢。"

女人瞥了老爸一眼，幸福地笑笑。

吴波火了，敢情老爸从没爱过自己妈妈啊，到现在还没尝过恋爱，他把妈妈当成了什么？说不定，妈妈早死，都是老爸寡情薄义不爱她造成的。

吴波越想越气，冲了出来，瞪着那女人。老爸惊讶道："丫头，没上学？"

梅雨也微笑着道："孩子，怎么没上学啊？"

吴波瞪着梅雨喊道："你管不着，我和我爸还有我们家不欢迎你。"

老爸急了道："丫头，怎么啦？"

"你说怎么啦，我恨你！"吴波狠狠道，转身就跑。老爸急了，在后面追赶起来。

5

吴波做好了出走准备：既然老爸不喜欢妈妈，从没恋爱过，一定也不喜欢自己，说不定在他眼中，自己也是个多余的人。

趁老爸不在家，她偷偷收拾着东西。她决定，这以后走得远远的，再不回来。

在柜子一角，她拿出老爸藏着的一个影集，她想拿张老爸的照片作纪念。里面，一张发黄的照片掉下来。她拾起来，上面是个胖娃娃，上写"波波出生照"，原来是自己出生时的照片。

她又想起妈妈，泪水直流。

照片背面，有行字吸引了她的眼睛，上面写道：战友，你瞑目吧，你的女儿，我一定当亲生女儿抚养长大。

下面署名——吴俊。顿时，吴波傻了。

6

老爸回来时，家里热热闹闹，厨房传来炒菜声。老爸进去一看，瞪大了眼，是梅雨在忙。吴波在旁边帮忙洗菜。

看见老爸，吴波道："解放了，老爸，你去帮梅雨阿姨忙吧。"说着将老爸推进厨房。

她想，老爸为她付出十几年心血，应当有个家了。

老爸不是她的生身之父，是她生身之父的战友。她出生时爸爸因公牺牲，妈妈也因产后大出血死去。于是老爸养着她直到今天。

为了怕她受委屈，老爸一直单身，一直到现在，看她长大了，才开始考虑自己的大事。梅雨阿姨也单身，一直恋着老爸，等到现在，终于感动了老爸。

这些，是老爸笔记本上写的，她看得流下了泪。她去了梅雨阿姨那儿，流着泪向她道歉，并接来了她。

照片和笔记，她又偷偷放了回去，装作不知道。

静夜里，她暗暗对着虚空道："爸妈，你们放心吧，做老爸的女儿，真的很好。"

而另一个人，此时也热泪盈眶，在心中暗暗禀告战友：丫头长大成人了，知道疼人了。这人就是老爸，也一脸热泪。

母亲的钱袋

母亲用老粗布做成的蓝黑色钱袋，宽宽的，笨笨的。

父亲早逝，撇下母亲和我，我们娘俩靠着三亩农田度日。除了平时吃、穿、用的东西，我还要念书，家里是不可能有闲钱存放的，我歪着头问娘："娘，缝这么大一个钱袋干啥？"

娘抚摸着我的头，笑着说："傻孩子，娘用这个袋子攒钱啊！"我问娘攒钱干啥，娘说，等钱袋攒满了好给我娶媳妇。

从地里抠钱谈何容易，娘没日没夜地干，腰杆子都累弯了，可娘的钱袋还是瘪瘪的。我知道，娘将家里仅有的一点钱都拿来供我念书了。

时间过得飞快，眨眼间我大学毕业，凭着优异的学习成绩留在了省城。娘的钱袋还是没鼓起来，后来一个不嫌弃我贫穷的姑娘和我结了婚。这本来是件喜事，可娘总觉得内疚，好像欠了我们什么，常在电话里喃喃地说："钱袋里还没攒几个钱呢，什么忙都帮不上。"让钱袋子鼓起来一直是娘最大的心愿。

结婚后，我想把娘接来和我们同住，可娘说在乡下住惯了，享不

238

了城里的福，还说，趁现在身子骨硬朗，她要种地攒钱呢。

　　有一天，娘忙农活时不小心扭伤了腿，躺在床上动弹不得。医生说，需要慢慢调养。为了照顾娘，我把她接到了城里的家。在我和妻子精心照料了娘一个月后，娘能拄着拐杖走动了，后来又待了一周，娘便要回家。我说："娘，你还没好利索呢！"娘说："家里有一大摊子事要做呢，你看，我现在已经能够照顾自己了。"我说："娘，我回去把地包出去，你就安心在这里住吧。"娘说："那哪成？我还指望那几亩地呢。"最终我没有说服娘。娘临走的时候看着四十平方米的小屋说："买套房子吧，我帮你们。"我和妻子一个月四千多元的工资，结婚时借的钱还没还清呢，哪有钱买房啊？我说："娘，房子的事你别操心了，等攒够了首付款我们会买的。"娘问："还差多少？"我信口说："还差两万块吧。"

　　一晃半年过去了。一天，娘突然打电话让我去车站接她。我不知道发生了什么，匆忙向领导请了假，租了辆车直奔车站。远远地我看到娘站在车站门前的台阶上四处张望，大热的天，娘竟然穿了一件厚褂子，满脸的汗，那微微鼓起的肚子立即引起了我的注意，娘一向清瘦，怎么会……我迫不及待地走过去，焦急地问："娘，是不是哪儿不舒服？去医院检查检查吧？"娘紧张地四处看看，有些神秘地小声说："没事，回家再说。"

　　娘径直去了里屋，出来的时候，已脱去厚褂子，看起来还是和以前一样清瘦。我疑惑地问："娘，你的肚子？"娘说："没事，这一路上可把我吓坏了，真怕碰上小偷什么的，所以才打电话让你来接我，现在好了，到家了。"娘长长地舒了一口气，高兴地说："你看，这是什么？"娘一脸的欣喜。我这才注意到娘手里的钱袋，鼓鼓的。

打开钱袋，我数了数，正好两万块，除了几十张百元大钞，其他都是十元或五元的小票，还有一沓毛了边的角票。我疑惑地问："娘，你哪来这么多钱啊？"娘高兴地说："娘给你攒的，平时啊，你给娘的钱，娘都给你留着呢！再加上今年桃子的价钱好，那三亩桃子卖了一万多呢！你看够不够。"我心里一阵发酸："娘，我怎么能花你的钱呢？"娘说："傻孩子，你不是买房吗？娘不帮你帮谁？娘还要攒钱呢！"望着远方，娘神往地说："娘帮不了你们什么，可也不能拖累了你们。"

年底的时候，老家的三叔来找我，说是给母亲送承包地的钱。我说："三叔，我娘不是在老家吗？"三叔疑惑地问："你娘没在你这里？"我说："离上一次来，有快半年了吧。"三叔一拍大腿，眼圈就红了："我的傻嫂子哎！"

三叔说，娘自打上次扭伤腿后，地里的活就干不动了，她把三亩桃园包给了三叔，还把老宅也卖了，说是跟着儿子到城里享福去。"她不在你这里，准是怕拖累你。"三叔长长地叹了一口气，"娃呀，你娘太不容易了，怕你受委屈，年纪轻轻的守了寡一直没嫁……"

我有种直觉，母亲就在这个城市的某个角落守望着我。每天一下班，我就骑着自行车满城满巷地转，去找娘。娘啊！你在哪儿呢？

十几天后，在一个僻静的小巷，我看到一个熟悉的身影，旁边放着一个破旧的蛇皮袋子，右手拿着一个铁钩，正在垃圾桶旁捡拾着什么，花白的头发在寒风里飘呀飘……

我轻轻地走过去，喊了一声："娘！"娘吃了一惊，看看四周没人，窘迫地说："你怎么来这里？"我说："老家的三叔来找你，那些事我都知道了。"娘说："儿子，娘岁数大了，地里的活干不动，可城里捡破烂的活还是干得来的，娘想把那个钱袋攒满，好帮你补贴家用……"

我搂住娘瘦弱的身子，喉头一阵哽咽："娘……"

我平凡的父亲母亲

　　前段时间哥哥来信说:"冬天里农活少了,妈一闲下来就想你。她现在正在给你织厚毛衣,等你回来了换上。"不知怎的,一想起我的父母,我就想落泪。

　　我出生在一个小乡村里。父亲是个高小毕业生,而母亲不识字,只上过几天扫盲班,只会唱一首歌——《东方红》。在我上高中之前,父亲对我的影响特别大,因为在农村实行联产承包责任制以后,他硬是带领全家闯出了一条光明大道。他总是有讲不完的民间故事、民间笑话,他对未来的生活总是充满着乐观,他对自己子女的学业表现也非常满意,认准了"再苦也要供孩子上学"的思路,决心将我们兄妹三人的学业供到头。然而,他却在我上高一时英年早逝。那年,父亲43岁,我15岁。之后经常回忆起以前的点点滴滴,我才渐渐体会到了母亲的伟大。

　　小时候,在我们兄妹三人中,我是最爱哭的。我现在可以大讲特讲父母们不要太溺爱孩子了,而那时的我就是家中的"小皇帝",父母要听我的,要不然,我就往地上一躺,一边打着滚一边哭,委屈、

242

恼怒纷纷涌上心头。每当此时父亲总是阴沉着脸，独自做着活；而母亲不停地劝着我，劝到最后，总是也陪着哭了。事后，母亲总是叹息道："他就是那个脾气。"

令人不可思议的是，我这个脾气居然跟着我念完了初中。高中时，我去了离家15公里的县城，离开了家乡，离开了父母。我也就是从那时起开始了反省。我越来越觉得，父母给予我的太多了，而我使父母伤心的事情也太多了，我何时才能挽回我的过失呢？那时，父亲生着病，体弱的母亲终日忙碌着，忙种田，忙家务。我每个月回家一次，为了赎罪，我都拼命地干活。没有一个人能够完完全全明白我的心，我也并不期望别人问我这样做是为了什么。我总觉得唯有这样，在我返校的时候，我的心里才能好受一些，才算对父母尽了一点点微不足道的孝心。

高一那年期末，我慈爱的、劳累不停的父亲，在病床上躺了一年之后，离我们而去了，他永远地走了。而在他离去的时刻，常常惹他生气的儿子却不在他的身边。

父亲病逝后，母亲更辛苦了！那时哥哥正在上师范，我在读高中，妹妹还在念初中，全家的重担一下子落在了母亲的肩上。为了能让她的孩子们继续上学，她要进城去打工，我们兄妹三人躲在一旁抽泣着。经亲戚们一再劝阻，母亲才放弃了这一打算。然而她仍不放弃每一个可以挣钱的机会。除了种地，母亲尝试过开食堂、摆小摊，但收益甚微。

高三那年春节放假回家，母亲正在锄麦地。我放下自行车，接过了母亲手中的锄。那时候眼看就要过年了，而母亲仍在干着农活，我心里能好受吗？大年初一，我仍在想着那几亩没有锄完的麦地，很想趁我极其有限的假期做完这些活，母亲却笑着说："哪有今天下地干活的？看人家不笑话你。"初二下午，正当我们沉浸在喜气洋洋的节日氛围中时，母亲却一个人扛着锄下地了。

高考完后回到家，我开始在附近的小街上打工，干着沉重又令人厌倦的体力活，每天挥汗如雨，挣几个钱并不是我想象中那么容易。不认识的人怎么也不会相信，这个光着脊梁的、瘦弱的男孩竟是一个准大学生。所有的苦我都忍受了，我干的这些全是我心甘情愿的。从出生以来我一直是一个纯粹的消费者，小时候，吃母亲的奶；上学了，花父母的血汗钱。我也应该自己挣点钱了。

直到一天晚上，我收工回家，母亲对我说："明天你不用去了。""咋了？""有人捎信让你去领取通知书。"我语塞了。

告别了家乡，我迈进了大学的门。穿着母亲做的布鞋，我渐渐感受到了周围穿着锃亮皮鞋的同学鄙视的目光。在别的同学围着生日蛋糕吹灭生日蜡烛时，我想起小时候在我生日那天，母亲总会给我煮一颗鸡蛋，而这颗鸡蛋只有我可以独享，哥哥妹妹只能等到他们过生日时才能享受到这样的待遇。因此，当别的同学关切地问："哪天是你的生日？"我总是敷衍了事地说："到了那天再告诉你。"因为我对这种相互吃请的方式非常不适应，我也不想拿着母亲辛辛苦苦挣来的钱打肿脸充胖子。

后来，一位老师介绍了一个在家属区做保姆的职位，我把母亲从老家接了过来。我和她生活在同一个校园中，然而过的却是两种不同的生活。四十几岁的女人如果在城市中一定是风华正茂，而母亲却显得异常苍老。然而母亲始终放不下家里的几亩薄田，放不下那头交给别人喂养的老黄牛，农忙季节来临时，母亲还是谢绝了雇主家的挽留，回去了。

　　一个重大节日的晚上，大学所在的省城燃放起了五彩缤纷的礼花。这样壮观的场景我以前只是在电视上见到过，现在看呆了，两行热泪涌出了眼眶。身边的同学问："怎么了？"我深深地叹了一口气："要是此刻我妈在这里多好！"

　　我常常一个人，站在阳台上，望着天空，望着家乡的方向，想着母亲，静静地落泪；常常在梦中，母亲走出了乡村，来到了省城，我们母子二人并排走在大街上，欣赏着这个五光十色的世界。